新 潮 文 庫

できそこない博物館

星 新 一 著

新 潮 社 版

3330

目次

できそこない博物館

物体など

発見されたそれは、まさに正体不明の物体だった。

科学者たちがよってたかって検討したが、なんのために作られたものか、ぜんぜんわからない。

形はといえば、前方がふくれあがったナメクジといったところ。長さは約一メートル半。太さは中央部の直径が三十センチぐらい。外側は金属製。といっても、無数の金属片から成っている。こまかなウロコでおおわれているといった感じ。

ところどころに透明な部分がある。しかし、そのちょっと奥は灰色で、内部がどうなっているのかを知ることはできない。

「分解してみるか」

当然のことながら、そんな意見も出るが、不採用。へたにいじって爆発でもしたら、ことだ。また、分解のやり方がまずかったら故障状態になり、機能が停止してしまうかもしれない。

機能。問題はそこなのだ。なにかのために作られたものにちがいない。事実、周囲の人たちに対し、微妙な動き方をするのである。人たちの声に対してか、物音に対してか、動作、体温、そういったなにかに応じて動く。その統計をとろうとしたが、これといった結論は出ない。

内部がかなり精巧であることは想像できる。だから、なおのこと機能をこわしてしまいたくないのだ。金属片のウロコを一枚、引っぱったぐらいでははがれそうにないし、はがすことが破壊へつながることだってある。

その物体から、そう不快な印象は受けない。とてつもなく役に立つ品のように思える。しかし、その用途はいっこうにわからないとくる。

さまざまな議論がなされるが、みなをうなずかせるにはいたらない。極度にむずかしい知恵の輪を持たされたような気分のうちに、日時がたってゆく。そもそも、これはなんなのだ。

やがて、なぞのとける日がきた。

つまり、所有者があらわれたのだ。人類ではない。宇宙人である。その時、人びとは同じような言葉をつぶやく。

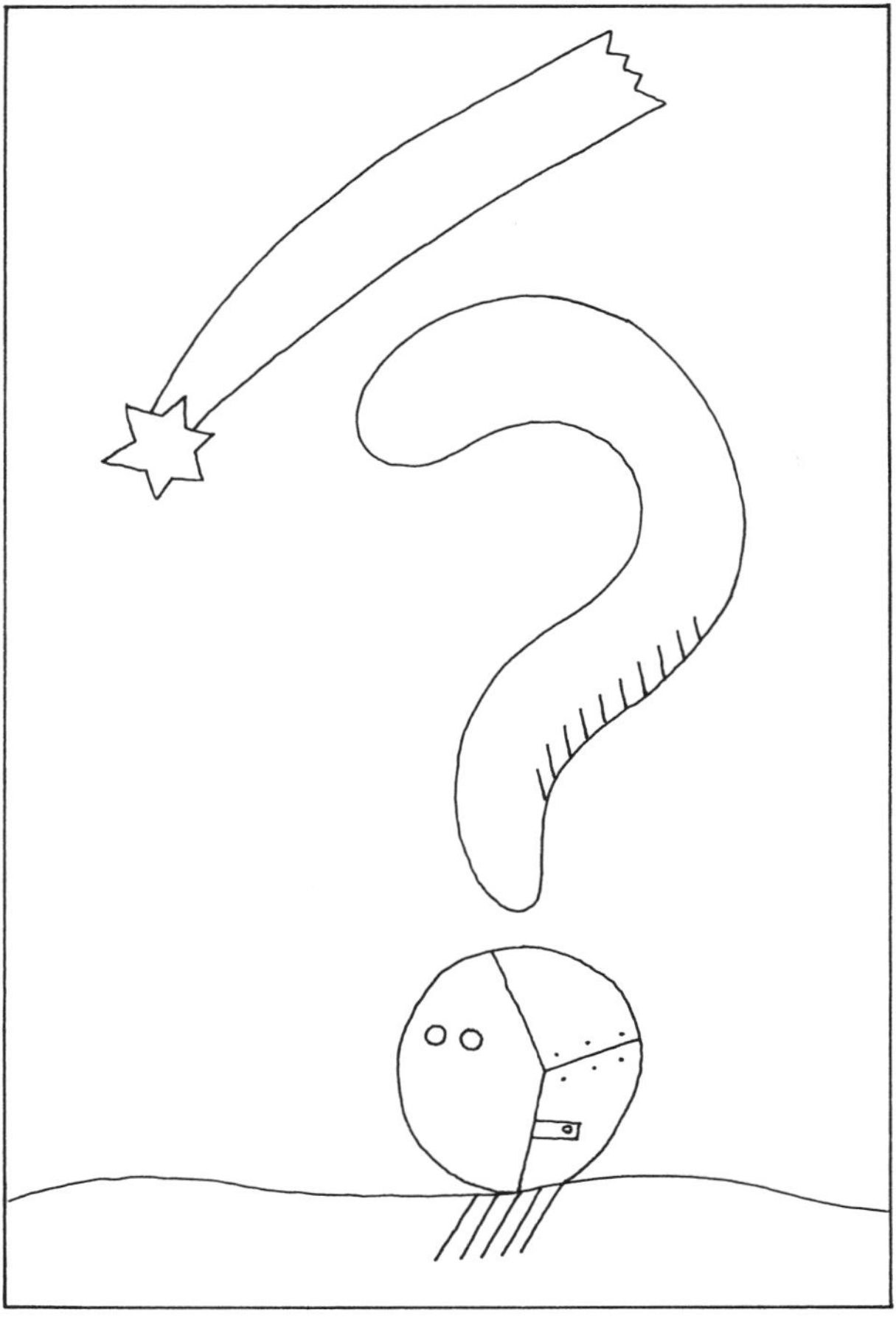

「そうか。知的生命というものは、自分の姿に似せてロボットを作るのだな」

ある短編ＳＦの要約のように思われるだろうが、こんな作品を読んだ人はいないはずである。つまり、これは私の創作メモだからだ。二十年ちかく、書こう書こうとしながら、どうしてもうまく仕上がらず、今日におよんでしまったという、幻の作品である。

昭和三十四年ごろだったろう。当時、いまはなき宝石社で「宝石」と「ヒッチコック・マガジン」の二誌が発行されており、私は、その両誌に毎号、短い作品を書いていた。

などというと、いかにも流行作家みたいだが、そのほかの雑誌からはぜんぜん注文がなかったのだから、早くいえば月に二編というわけである。

のんびりとしたものだったが、そのころから、つぎのアイデアはどうしようという不安に、いつもつきまとわれていた。現在までずっとそうである。これも職業。人生とは、なにもかもうまくいくようには出来ていない。

参考のための資料として書いておくが、当時の原稿料は四百字一枚が百円だった。それに、源泉で二割が引かれた。つまり、手取り八十円である。それに、作品は一編が十数枚とくる。夢と希望があり、まだ若く独身だったから、つづけられたのだろう。また、自分の原稿が活字になるということは、とにかくうれしい気分で、私はそれに熱中した。

原稿料については、私はあっさりしている。最初のころは掲載されることが楽しかったし、現在は、ショートショート集から印税が入ってくるのだと考え、不満はない。しかし、一時期、ＰＲ誌を相手に、かなりの高額をふっかけたことはあった。殺人は困る、家庭不和は困ると、あれこれ制約の多いのにたまりかねてだ。それでも、たいてい適当なところで妥協していた。

何人かの評論家が「ショートショートの原稿料は特別あつかいすべきだ」という文章を書き、ありがたい声援だったが、いまだに、そうしてくれている雑誌はないようである。この道の後輩のために、私が断固として主張すべきかもしれないと考えることもあるが、あまりその気になれない。

もし、そうなったとする。傑作を書かなくてはならないとの責任から、心理的な重圧を感じ、かえってよくないのではなかろうか。体験からの感想である。

これが自分のなっとくのゆく作品だ。いいか悪いかは、編集部なり読者なり、そちらでおきめ下さい。そのほうが気楽である。水準に達していれば、本にして売れ、原稿料で割りの合わなかったぶんは、そこで取りかえせるのだ。

なんで、こんな金銭の話になってしまったのか。


その、月に二編のペースの時期に、さっきの宇宙人のロボットの話を思いついた。悪くないアイデアのようだ。しかし、作品にするからには、くふうがいるな。どんなぐあいに趣向をこらしたものか……。

などと考えているうちに、べつなアイデアも出てくる。いじっているうちに、そっちがなんとかまとまり、くらべてみると、少しいいようだ。

まあ、いい、これだけ骨組みはできているのだ。締切りが迫ってどうしようもなく、せっぱつまった時に活用すればいいさ。

それで二十年がたってしまったのだから、われながら、ふしぎである。かなり深刻にせっぱつまった場合もあったのだが、これは作品にならなかった。なぜ仕上がらなかったのだろう。検討してみる価値はありそうだ。

第一に、その形状である。かりにナメクジとしておいたが、ヘビ型でもいい。昆虫のクモのほうが、あるいは効果的かもしれない。しかし、タコ型にするとウエルズの火星人を連想され、結末を感づかれるおそれがある。いろいろ考えるべき点が多いのだ。

本来なら、地球上にない形の生物を考え出せれば理想的なのだが、これが意外とむずかしい。やってやれないこともないと思うが、描写が多くなるし、あまりぶきみなものにしては、ストーリーとのバランスが崩れる。

つぎに、大きさの問題。もっと小型にしたほうがいいか、巨大なものにしたほうがいいか。どの程度が適当なのだろう……。

ここまで書いてきて、このアイデアのひらめいた、もうひとつ前の段階を思い出した。そもそもは、オモチャの人形である。

すばらしくよくできた、お人形。子供がそれを拾い、ひとりで遊んでいる。どんなしくみかわからないが、電池の切れることなく、歩いたり、飛びはねたりするのである。しかし、ある夜、それと同じ大きさの宇宙人がやってきて、連れて帰る。つまり、そのロボットだったのである。

こんなことを思いついたのは、幼年時代にぬいぐるみのクマのオモチャと遊んだことと関連があるのだろう。

それはともかく、人形でまとめれば、容易にできあがっただろう。しかし、私は平凡なような気がした。読んではいないが、すでに書かれていそうでもある。

もうひとひねりしようとし、そのうち、聖書にある「神は自分の姿に似せて人を作り」の言葉を盛りこもうとした。どうやら、この欲を出したことが、ことをやっかいにした原因らしい。

しかし、いまあげた二つのほかにも、さまざまな問題がからんでいる。

どこで発見するかの点もある。宇宙空間にするか、他の惑星上にするか、地球上にするか。まず、毎回いじりはじめるたびに、その選択に迷ったものだ。

また、発見から、宇宙人が来てなぞが解決するまでの期間を、どの程度にするか。読者に「むりして作り上げたな」と感じさせないようにしなければならない。

何回もいじっているうちに、いい方法を思いついた。おくり物とするのである。宇宙からおくられてきた品。しかし、それはなぞの物体。やがて、宇宙人が来て、

「どうです、便利なものでしょう」

人びとは、あっと驚く。

この段階で、一気に作品になっていてよかったはずである。しかし、そうならなかった。たぶん、べつなアイデアのが出来てしまったのだろう。

そもそも、アイデアとは異質なものを結びつけるところから発生する。この場合、もとをただせば、宇宙人とロボットである。それプラスなにかが、作品というしろも

のだ。

しかし、SFとはやっかいな分野だと、つくづく思う。

アシモフの作った、ロボットの三原則なるものがある。人間への服従、非反抗、自己保全だ。もっともなことだと、私も賛成だ。しかし、それは所有者が人間の場合である。

宇宙人のロボットはどうだろう。分解しようとしたら、自己保全の原則が発揮される。その宇宙人とはタイプのちがう人間が相手なら、どうなるだろう。殺しまわることだってやりかねない。

いま、はじめて気がついた。作品に仕上げよう仕上げようとしながら、なぜ簡単にいかなかったのかは、無意識のうちにロボット三原則を気にしていたのである。そうわかって、少しさっぱりした。

奇妙な外見の宇宙人が、同型のその物体を連れ、人びとのうなずきをあとに、飛び去ってゆく。

そのラストシーンを書きたくてならなかったのだが、現実には私の手にはおえない問題だったのだ。こだわりすぎた。結末から作品を作るのは、私の性格に合っていない。よく人から、

「結末を先に考えるのですか」

と聞かれるが、そんなことはないのだ。

あるいは、このストーリー、なにかうまく仕上げる方法があるのかもしれないが、ことこれに関しては、私の取り組み方が固定してしまっていて、打開できそうにない。このへんで、いさぎよくあきらめよう。

＊

ほかの作家だってたぶん同じだろうが、私にとって短編をひとつ書くのは、大変な作業である。これだけ書いてきたのに、いまだにこつがわからない。まことに原始的な方法をとっている。

意欲にあふれて机にむかうことなど、まるでない。いやいやながらであり、頭はからっぽである。しかし、しなければならない。みずから選んだ道なのだ。

そこでどうするかというと、机の上の二百字詰めの原稿用紙を裏がえしにしてひろげる。むかしは、四百字詰めのを半分に切って使った。つまり、大きめの白いメモ用紙。

そこへ、思いつくまま、なにかを書く。

わき出る泉のように、つぎつぎと字になってくれれば申しぶんないのだが、世の中、そううまくはいかないようになっている。

太宰治《だざいおさむ》は、飛んでいるチョウを追いまわし、やっと何匹かつかまえるといった形容をしている。もっとも、太宰の場合は短い語句であり、私の求めるのはある種のシチュエーション、つまり状況である。異様な出だし。

この段階が最も苦しい。無から有を取り出すのだから、当然だろう。しかし、なにかしら出てくるのだから、ふしぎである。どうなっているのか、説明のしようがない。

私はヒトコマ漫画でしか知らないが、精神分析医は患者を長椅子《ながいす》に横たえ、

「さあ、心に浮かんだことを、なんでもいいから口にして下さい。他人には決してもらしませんから」

と話しかけるらしい。だれだって、なにかしらは頭に浮かぶものである。

私は自分自身でそれをやり、メモ用紙の各所に、ちょこちょこした書きこみができる。小さな字である。しかし、たいていの場合、役に立ちそうにないものばかり。われながらいやになり、書斎のなかを歩きまわったり、テレビをつけてちょっと見て消したり、書棚から本を出してのぞいたりする。ありもしないなにかをさがしているかっこうだ。第三者が見たら、まさしく時間の浪費。

また机に戻り、なにか書きこむ。小さな字で書くのは、それらの優劣を比較しやすいからである。ただそれだけの理由だが、私にとっては重要である。ひとつの癖と片づけることもできようが。

それらを検討するが、どうもものになりそうにない。そんな時はあきらめて、風呂《ふろ》へ入って酒を飲み、軽い内容の本を読んで寝ることにしている。ついに一日をむだにしたかと思いながら。

そういった瞬間に、少しましなアイデアが頭に浮かんだりするのだから、これまたふしぎだ。アルキメデスが風呂のなかで、ニュートンはリンゴの実の落ちるのを見て、法則を発見したという。

しかし、それは考え抜いたあげく、緊張と解放感のほどよいバランスのとれた状態だったのだろう。こんな精神状態を人工的に作れれば、アイデア発生薬となる。いつの日か、出現するのではなかろうか。

さて、メモ用紙に思いつきのいくつかが書きこまれた。使える兵隊は、これしか集まらないのだ。どこでその見切りをつけるかがデリケートだが、長いあいだの経験といったところか。それに締切りもあることだし。

そして、つぎは選択である。どれが、ミスター・アイデアになりうるかである。ものになりそうなのはどれかの検討。一見よさそうだが、うまくストーリーに展開しないのもある。ぱっとしないのが、メーキャップによって意外にいい形にまとまることもある。

この段階になると、無意識によってではなく、過去の読書体験による意識しての作業である。くわしいことは、いずれそのうち。

よし、これでいくか。私はメモからその部分を切り抜き、短編への仕上げにかかる。というわけで、あとには、一部分の欠けたメモ用紙が残る。年月とともに、それがふえてゆく。もちろん、アイデアが出なくてしようがない時、じつはそのほうが多いのだが、それらの古いメモをひっかき回すこともある。

うん、こういじったら、ものになるかもしれない。などと、役に立つこともあるわけだ。またも切り抜かれることになる。敗者復活戦への参加といったところ。しかし、その量は、ふえる一方。

私はこれを、貴重品あつかいしてきた。極秘。非常の場合は最優先の持ち出しである。そのくせ、机の上に公然とつみあげたままなのだ。他人には紙くず同然と見えるはずである。

家を改築するに際しては、紛失しないよう、極端に注意した。ところが、改築が終ると、書斎の机の上をふたたび雑然とさせたくない気分になり、それなしでやってみた。なんとかなるではないか。そして、メモは新しくふえはじめた。

そんなことで心境が変化し、このメモを公開しようという気になった。一将功成りて万骨枯るの、万骨たちである。永遠に日の目を見させないでおくのは気の毒だ。ものにはならなかったが、私にとっては愛着のあるやつばかりである。

メモの公開というと意味ありげだが、これで他人に迷惑が及ぶわけではない。自分の内宇宙に関することだ。また、それによって、私にとって短編小説とはなにかの問題をさぐれるかもしれない。

作品になりうるかもしれない発想のメモを、片っぱしから公表してしまおうというのだ。こんな作家は、これまでいなかったのではなかろうか。

その結果、小説が書けなくなるかもしれない。しかし、これだけ書いてきたのだ。なったらなったで、しかたない。妙なことをしたやつだと呼ばれるほうを選びたい。あるいは、逆に新しい飛躍のもととなるかもしれないのだ。

さて、まずメモの切れっぱしを一枚。

ある刑務所に、ひとりの男が入っている。

刑に長い短いはあるが、完全な終身刑というものはありえない。何年かたてば、恩赦、減刑、仮釈放といったことで出てくる。囚人はだれもがその日を待ちこがれる。

しかし、この男はちがうのだ。そうなりかけると、自分からなにやら事件を起し、釈放は取り消しになってしまう。

「なんということだ。税金のむだづかいもいいとこだ。やつが出てゆくと、被害者の関係者が待ちかまえていて、なぶり殺しにされる。それを恐れているのか」

刑務所長が調べるが、そんなことはなさそうだ。囚人となってから、かなりの年月がたっている。うらみや殺意というものは、そうつづきはしない。いったい、なんで出たがらないのだろう。

所長の知らぬ理由があるのだ。

その男は、かつて数人の仲間とともに、不老不死をめざす会を作った。そして、悪魔との取り引きに関する古い文書の一部分を手に入れた。

「とりあえず、その段階からでもやってみようじゃないか」

人間、あすにも事故に会うかもしれない。死の好きなやつなど、ないのだ。身よりのない人物をさがし、連れ出し、犠牲にささげてしまう。なにもしないよりは、ましだろう。その一方、文書の残りの部分をさがして……。

しかし、その殺人は発覚し、全員、刑務所に入れられる。異常心理による犯行ということで、死刑はまぬかれる。刑務所生活がなんだ。不老不死の人間にとって。

やがて、刑期の軽い者から釈放となる。しかし、高齢という点を考慮され、最初に出所した仲間は、まもなく老衰で死ぬ。つぎに出たやつは、事故死。そのつぎのは、病死。

ひとり刑務所に残された男は、それを知って、気づくのである。どうやら、犠牲をささげてから不老不死でいるのには、条件があるらしい。刑務所内にいることが、そのひとつ。事実、男は肉体的にとしをとらないのだ。

しかし、刑務所のそとでも生きつづけられる方法があるはずだ。それは、まだ入手できないでいる文書に記されているのだろう。ここを出て、それをさがしたいが、それは死を意味する。

獄中からそれを求める手紙を各方面に出したが、手伝ってくれる人のあるわけがない。他人を不老不死にし、自由をも与えるなんて、だれがやる気になるものか。

かくして、男は囚人でありつづける。無限の時間を持ってはいるが、文書の残りを読んで内容を知っているやつが入所してくる可能性はゼロに近い。男はふけこむことなく、この刑務所に関しては、所長や看守よりもくわしくなる。その気になれば、脱獄だってできる。しかし、あえてそれはやらないのだ。

単調さより、死のほうが好きになるまで。

これもまた、何回も作品にしようとして、いまだにものにできなかった一例である。こう書いてみると、もう少しなんとかすれば、完成したかもしれないと思う。傑作とはいえないまでも、私の作風や水準から、そうはなれたものではない。

もっとも、最後の一行は、メモをふくらませながら思いついた。もっと効果的な終らせ方があるかもしれない。

それにしても、ここまでできていながら、なぜ作品に仕上げられなかったのか。考えられる原因のひとつは、犠牲としての殺人がからんでいるせいかもしれない。普通の殺人ではなく、手のこんだものでなくてはならない。かなり残酷なもの。その描写となると、私は苦手なのである。

方針というほどでもないが、殺人シーンとベッドシーンの描写は、どうも気が進まない。作家として、それではいけないのだが、気が進まないため、書かない。だから、上達しない。ますます気が進まなくなる。つまり、悪循環の典型である。

登場人物にしゃべらせるというのなら、あまり抵抗なく書けるのだが、この殺人は回想形式にしろ、直接の描写でなくてはならない。その必然性と描写の苦手とがからみあい、ブレーキとなっていたようである。

話はそれるが、刑務所内の生活は、健康にいいのではなかろうか。適当な労働があり、食事の栄養のバランスはとれ、酒もタバコもない。俗悪なるテレビも週刊誌も、たぶんあるまい。伝染病発生の話も聞いたことがないし、交通事故に会うこともない。凶悪な殺人鬼に襲われることも、まあ、ないんじゃなかろうか。

税金を使って、そんなにまでする必要があるのかと言いたいところだが、私だって、いつ入るかわからない。この件は、あれこれ問題にしないでおく。

犯行をくりかえす原因にはいろいろあるだろうが、のんびりした刑務所生活になれ、悪にみちた社会へついていけないでという人もあるのではなかろうか。

日清《にっしん》戦争後、日本が台湾を領有した時期があった。だれがやってもうまくいかなかったが、民政長官に後藤新平が就任してから、みごとに経営が軌道に乗った。その施策のひとつに、ムチ打ち刑の復活があった。設備のととのった刑務所へ入りたがって、わざと罪をおかす連中の発生防止のためである。

そういえば私も、刑務所に収容しない形での有期刑というテーマで、いくつか作品を書いた。わりと好きな分野で、今後も変った着想が出たら、書いてみるつもりだ。


だれもがコンピューターの指示で生活している時代。たとえば食事。

「なにを食ったものだろう」

そのつぶやきは、電波となってサービス・センターへとどき、答えはイヤリング型の装置に声となってかえってくる。

「中華風の魚料理などは……」

当人の体質、栄養状態、好み、前にそれを食べたのはいつか、ふところぐあい、あすの予定。それらのデータをもとに、満足のゆく指示がえられるのだ。

そのほか、混雑しないところでのレジャーのすごし方。混雑の好きな人は、それなりの案内。いま、ひまでいる友人はだれか。なにか面白い催し物はないものか。

企業につとめている人は、仕事上のさまざまな注意も受けることができる。どのような才能をのばせば、よりよい地位へ移れるかについてもである。上司、同僚、部下、それらとうまくいってこそ、気分よく働けるのだ。そんなところへの配置は、だれもが望んでいるはずだ。

人事は流動的だが、大コンピューターはそれに応じて答えを出し、どう努力すればそこへ移れるかを教えてくれる。

つまり、そんなぐあいで、だれもが利用し、その便利さにひたっている社会というわけ。

しかし、ひとりの男。どうも、このごろ、なんとなくおかしさを感じるのだ。そう運動不足とも思われないのに「スポーツでもなさったら」と指示されたり、あまり空腹でもないのに「ちょっと豪華なフランス料理を」と言われ、従ってみるが、そう満足感もない。これまで、そんなことは、なかったのに。

仕事のほうも、あまりうまくいってない。

「あるいは、もしかしたら……」

男はつぶやき、その仮定を思うと、心臓の動きが早くなる。質問が具体的でないので、そのつぶやきへの回答はない。

疲れているせいなのだろうか。たぶん、まもなく調子が戻るだろう。だが、依然としてそのまま。友人の家へ招待されるが、さほど楽しくない。いやな気分が残る。

「もしかしたら……」

男は何回もためらってから、つぶやく。

「健康診断を受けてみようと思うが」

「その必要はないと思いますが、そういったお気持ちを無理に押さえておくよりは、病院へ行ったほうがよろしいでしょう」

指示に従い、男は出かけていって、診断を受ける。終ってから、医者が言う。

「べつに、これといって問題点はありません。しかし、どうやら顔色がすっきりしませんな。ひとつ、心理的な精密検査をお受けになられたらどうですか」

「いいえ、それには及びません。どうもありがとうございました」

男はそそくさと帰る。そんなことをされ、コンピューター社会への不適応との診断が出たら、治療のため、長く退屈な日々をむだにすごすことになる。それに、なおってからも、定期的な検査を受けなくてはならない。

男に関する事態は、いっこうによくならない。

「やはり、もしかしたら……」

さらに何回かためらったあげく、男はサービス・センターへ出かけて言う。

「コンピューターの、わたしに関する部分の点検をおねがいします。その費用もお持ちしました」

「そんなことはないと思いますがね。しかし、費用をお持ちとあっては、規定にしたがって、いたしますよ。結果については、数日中にお知らせします」

胸をどきどきさせながら待つ男のところへ、やがて通知がとどく。公的な内容のため、文書なのだ。

〈点検によって、あなたに関する部分に、故障が発見されました……〉

それを読んで、男は叫ぶ。

「とうとう、やったあ。思ってた通りだ」

故障によって利用者に迷惑をかけていたとなると、巨額の賠償金が支払われるのである。三年ほど、したいほうだいに遊んでもまだ残るぐらいの大金が……。


もう少しくふうしたら、ちょっとした作品になったかもしれない。コンピューター管理の社会において、故障発見が宝くじの特賞的な大金をもたらしてくれるという話は、これまでなかったのではなかろうか。

健全そのものなのに、不適応とされて不幸になる。あるいは、いやおうなしに故障に従わされる。といったのはあるだろうし、なかったとしても平凡である。また、現実にそんな時代になったら、こういう方法が最も適当らしいと、なっとくのゆく結果だろうと思う。

電話料金の請求額がおかしいとの投書は、時たま新聞にのる。私もコンピューターの打ちちがいで、預金通帳の数字が誤記されたことがあった。そんなことから思いついたストーリーかもしれない。現実に、それで損をして気づかずにいる人も多いのではないか。

コンピューターの計算は正確。ただし、故障は絶無とはいえない。その感覚を持ちつづける必要がある。そのためには、申告による故障点検と、大金の謝礼というのも一案ではなかろうか。そのかわり、コンピューター管理者側が先に故障を発見した場合は、現実の被害金額だけの補償で、いかに訴訟しようが精神的な慰謝料はとれないとしておく。利用者の注意感覚が大切なのだ。

昭和四十年ごろだったら、私もこのアイデアをなんとかまとめ、作品にしていただろう。すでに短編集に入っていても、べつにおかしくないものとして。

私が、コンピューター管理社会への移行の時代を扱った長編『声の網』を書いたのが、昭和四十四年。その執筆前に、そのたぐいのSFを、かなり読んだ。

執筆後、アイラ・レヴィンの傑作『この完全なる時代』を読み、こんな書き方もあったのかと、感心した。そのかわり、かなりのページ数をつきあわされ、熟読主義の私は、まる二日を費やした。

つまり、コンピューター社会を描くとなると、アイデアにもよるが、こんなに便利になっていると、一般の読者にもわかるように、実例を並べなくてはならない。レヴィンとちがい、私は短編作家だから、なんとか処理するにしても、やはり限界はある。

そして、さっき紹介した結末。あまり長くしてしまうと、終りにおける意外性が弱くなってしまいそうである。バランスの問題。私がいじりまわし、ついに仕上げられなかったのは、そのためのようである。

コンピューターは、ますます進歩してゆくだろう。関心のない読者をもひきつけ、関心のある読者をうなずかせる作品となると、今後は短編では書きにくくなってゆくのではなかろうか。

テレパシーなど

ＳＦにはコンタクト・テーマというのがある。他星人とはじめて接触した場合を扱った話である。メモの山をひっかきまわしているうちに、こんなのを見つけた。


ある人が都会をはなれた野原を歩いていると、小型の宇宙船が着陸し、なかから宇宙人が出てきて、近よってくる。思わず足をとめると、むこうもある距離をおいて立ちどまる。さて、なにが起るのか。とつぜん、頭のなかに言葉が伝わってくる。

「通りがかりにこの星をみつけて、立ち寄ったのです。わたしの意志が伝わっているかどうか、わかったら、はいとうなずいて下さい」

ははあ、テレパシーだなと思いながら、その人はうなずく。

「はい」

「ありがたい。通じた。いくつか聞きたいことがある。きみたちは年齢を、この惑星の公転時間を単位にしてかぞえていますか」

「はい」

「それで、平均して百歳を越えていますか」

「いいえ」

と首を振る。

「それは気の毒に……」

同情の感情が伝わってくる。宇宙人の質問はつづく。

「……通信手段はなんです。せいぜい電波の利用といったところですか」

「はい」

「エネルギー源として、核燃料以上のものを使っていますか」

「いいえ」

「推進機関として最もスピードの出るのはなんです。噴射ロケット以上のものはありますか」

「いいえ」

「カプト星にも及ばない段階だな……」

どうやら、どえらい文明の持ち主らしい。しかも、好戦的でもない。すばらし

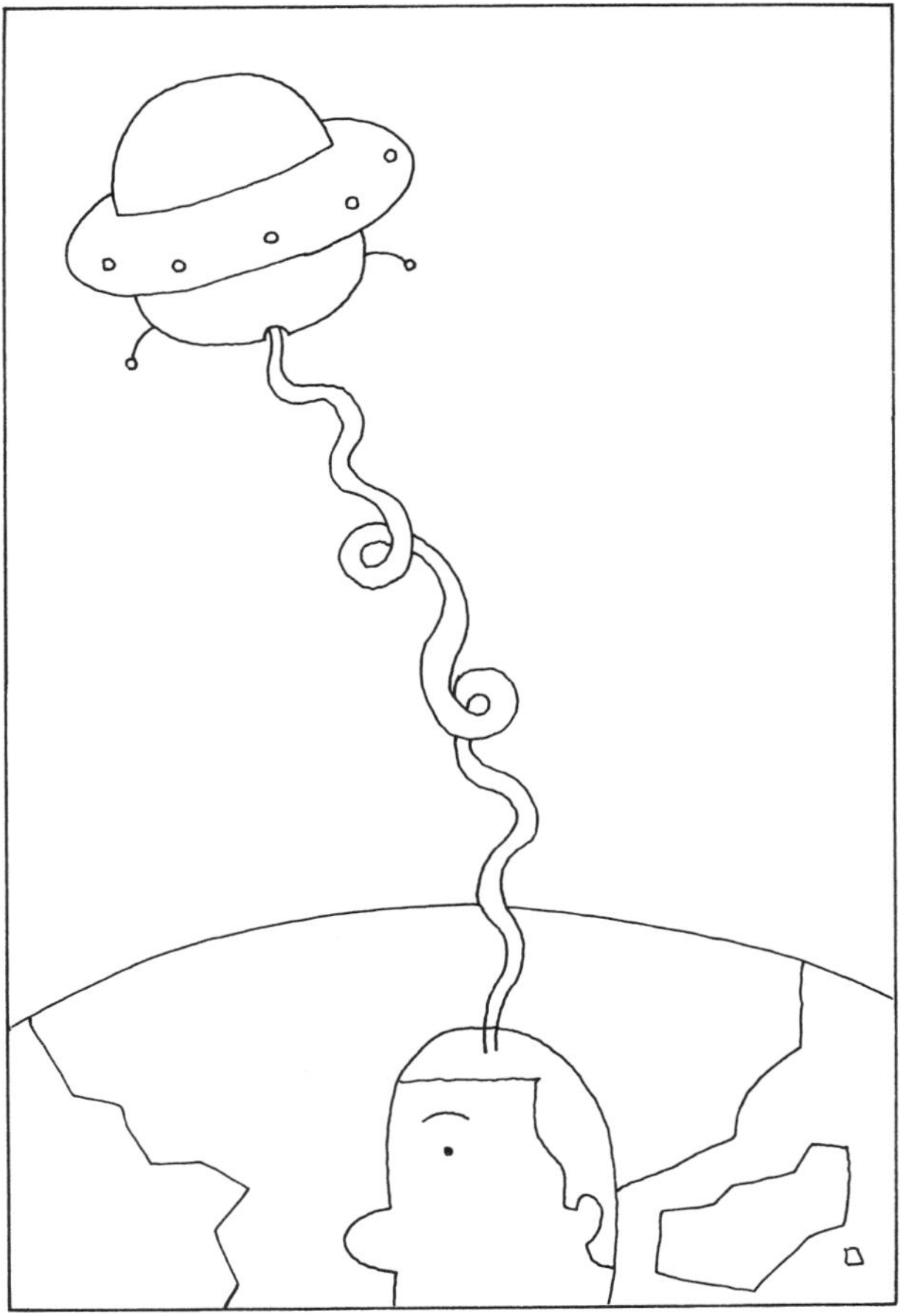

いやつにめぐりあえたといえそうだ。

——あなたがたの生活は、どんなようなのですか——

と念じて問いかけてみるが、返事はなんにもない。そのうち、宇宙人が問いかけてくる。

「お礼に、こんどはこっちが答えてあげます。なんでもお聞き下さい」

残念なことに、それが相手に伝わらないのだ。やがて、宇宙人のテレパシー。

「わたしたちのことを、知りたいのでしょう」

「はい」

「しかし、なんにも伝わってこない。そういう能力がないのですね」

「はい」

「じゃあ、しようがありませんね」

「はい」

「くやしいでしょうな」

「はい」

「じゃあ、これで。さよなら」

まったく、歯ぎしりしたくなるところだ。

英語というやつ、私はまったく苦手で、買物ぐらいしかできない。あやふやながらしゃべることはできても、相手のほうがしゃべりはじめると、十分の一もわからないのだ。

どうやら一般にそうらしく、外国旅行でも、そんなガイドによく会う。その国の人にしては日本語をかなり上手に話すのだが、いい気になってこっちが日本語で質問すると、とんちんかんな答えがかえってくるのである。

このコンタクト・ストーリーは、それを逆にしたような形といえる。もっとも、そんなふうにして発想を得ることは私の場合ほとんどなく、宇宙人とテレパシーという組み合せをいじっているうちに、こんなふうにまとまってしまったのである。

メモのなかにこんなのもまざっている。たぶんまだ小説にしてないはずだ。

宇宙人が来訪。地球をあげての大歓迎。

「新しい文明の夜明けだ」

そして、相手の知りたいことに、ていねいに答えてやる。もちろん、あとで、その進んだ文明について教えてもらおうと思ってである。やがて、地球人側が切り出す。

「そちらの星の生活について、いろいろと教えていただきたいのですが」

「わたしがここへ来るのに、どれだけ苦心したことか。お知りになりたければ、わたしの星へおいでなさい。大歓迎してお教えしますよ」

さっと宇宙船に乗り込み、帰っていってしまう。


こうなると、いささかいじが悪い。ＵＦＯは宇宙船と考えている人は多く、それに救世主的なものを期待する人たちの感情はよくわかるのだが、虫がよすぎるような気がしないでもなく、それへの風刺もしたくなってしまうのだ。

コンタクト・テーマでは、作家になりたてのころ、私は「情熱」という作品を書き、それは『悪魔のいる天国』に収録してある。三代がかりで地球にたどりついた宇宙人の話で、答えてあげたくても、故郷の星についての知識をまるで持ちあわせていないのである。自分でも気に入っている作品だ。

いじわる宇宙人の話は、そのバリエーションであり、出来においてまさるとはいいがたい。テレパシー会話のストーリーは、さらにそのバリエーションといえそうだ。

しかし、だいぶ変形している。聞こえないふりでなく、善意にあふれているがどうしても不可能とすれば、独自性のあるものといっていいと思う。作品にしなかったのは、良心的なためではなく、これだけの話では注文枚数を埋められなかったからだろう。

もしその時「ごく短くてもかまいませんから、なにかSFを」という注文が入ったら、よしきたとばかり、ユーモアで少しふくらませ、完成品にしていたにちがいない。世の中、ままならぬことが多いのだ。

もっとも、ある時期、私は宇宙人来訪の話をかなり書き、もうこれ以上はという気分にもなっていた。

＊

それにしても、テレパシーとはまったく便利なしろものである。現実にその能力をそなえた人がいるのかどうかは、わからない。かすかに、あるいは時たま、なんとか通じたようだといったたぐいで存在しているようだ。その程度の実在性だから、SFのテーマとして使いやすいのだ。

私のメモにも、超能力のアイデアのがいくつかある。これもそのひとつ。

ある原因で、超能力の持ち主が、ぼつぼつあらわれはじめてくる。そのため、超能力の武者修行、他流試合のようなことが流行するにいたる。

「力くらべをいたしたい」

「よろしい。やりましょう」

もちろん、テレパシーによる会話である。

「透視はおできになるか」

「四重の封筒のなかの文字を読める。この通り……」

やってみせる。

「わたしは、壁のむこうのものがわかる」

「まいりました」

やがては対象物とのあいだをへだてる、鉛の板の厚さをきそうことになる。

超能力の種類は、透視だけではない。テレキネシス、つまり念力で物体を移動させる能力の主もあらわれる。

「一キログラムの物を、十センチ、浮上させてみせる」

「こっちは二キロだ」

そんな競争にもなるのだ。

さらには、テレポーテーション。当人が瞬時に他の場所へ移動する能力のことである。それのできるやつもでてくる。これは自慢したくもなるだろう。

「おれにまさるやつはあるまい」

「なんの、なんの。ためしにやってごらんなさい」

そして、とくいげにテレポーテーションして、他の場所へ出現したはいいが、待ちかまえていたごとく、さっと金網のオリをかぶせられ、つかまってしまう。

「や、これはなんとしたこと」

「わたしには、未来予知能力がありますのでな。あなたがどこへ出現するのか、すっかりわかっておりますのじゃ」

「おそれいりました。まさに、あなたは最高クラス」

「そうでしょう。そのはずです」

しかし、上には上がある。未来変更能力の持ち主が出現。予知など、まるで歯がたたないのだ。

しかし、ものごとには終りがある。

「くだらん連中がなんだかんだと、うるさくてならぬ。おれの力を見せてやる」

えい、やっとばかり、それが発揮される。それは、他人すべての超能力を消し去るという、とてつもない力。かくして、さわぎに終止符が打たれる。
すなわち、そのご本人。すごい能力の主なのだが、あいにくと透視やテレポーテーションといった低級な能力は持ちあわせていない。そのため、もはや二度とそういった力を示す機会はないのだ。

うん。けっこういい話じゃないか。こんな形で発表してしまうのなんか、もったいない。自分でもそんな気がしてきた。しかし、そういう感情など覚悟の上ではじめたことなのだ。

絶好調のころのF・ブラウンあたりが仕上げたら、傑作短編ができあがったかもしれない。超能力者がつぎつぎに発生する原因なんか、いくらでもこじつけられる。徐々にエスカレートする話は、読者を引き込みやすいのである。

なぜ作品にまとめようと努力しなかったのか、自分でもふしぎである。たまたま、その時の気分がこれに一致しなかったためかもしれない。

処理しにくい点が二つほどある。金網を抜けてテレポーテーションするかもしれない。未来予知能力者なら、変更された未来だって予知できるのではないか。しかし、処理が不可能というわけではない。

もっとも、武者修行、他流試合などといった言葉は、いま思いついて、なかに書き加えたものである。軽さのある講談調が、このストーリーにはふさわしいようだ。

しかし、そのころ、つまり昭和四十五年ごろだろうと思うが、とてもそんなのが書けるような状態になかった。SF作家たちは、使命感のようなものを持ち、みな、まじめだった。

作品中にユーモアやおふざけを盛り込むことはやっても、講談調でSFを書こうなど、だれも考えもしなかった。小松さんに講談のパロディの作品があるが、SFの講談調とはちょっとちがう。

いまだったら、読者も抵抗なく受け入れてくれるだろう。世の中がそれだけ変ってきたのである。そして、そうなった現在、私の気力がおとろえてきた。講談を聞きに出かけて、その話術に接するのも、おっくうである。

いずれは、講談や浪花節《なにわぶし》調でSFを書く人があらわれ、読むほうもそれを面白がるという時代になるだろう。

ほかでも書いたことだが、ブラッドベリのえらさは、SFのなかにまったく異質なはずの、べたべたのセンチメンタリズムを持ち込んだ点にある。画期的とは、よほどのことをしなければ得られない呼称なのだ。

＊

メモのなかに、新聞の外信欄の切り抜きもまざっていた。「ついてない男」という見出しで、こんな内容。

オハイオ州のスミスという青年。一方通行ということを忘れ、車をターンさせたのがことの起り。盗難にあい運転免許証を持っていなかったため、警官に無免許と認定され、告訴となる。会社の出張でその当日に出頭できなかったため、法廷侮辱罪にも問われた。

保釈金を支払いに行ったはいいが、その帰りに強盗に襲われ、あり金から貴重品から、再交付を受けた免許証まで持っていかれた。被害届けのために警察へ出かけ、犯人の指紋を調べてもらおうと車をその前にとめたら、そこは駐車禁止の場所だと、またもお目玉。

新聞記事は、こういうのを熟読すべきである。そのへんに、いたずら悪魔がいるような気分になってくるではないか。

＊

新聞の切り抜きを、もうひとつ。これはメモ用紙にはりつけてある。

アフリカのウガンダで軍部がクーデターを起し、オボテ大統領の政権が倒れた。その時、五台のシャーマン戦車が使われた。

この戦車は、第二次大戦で使われた旧式のものだが、ここまで来るいきさつが変っている。アメリカで作られ、大戦中に武器貸与法によってソ連に送られた。それが戦後、エジプトに与えられ、いわゆる六日間中東戦争に出動。イスラエル軍の手中におちる。そこでオーバーホールされ、イスラエルの軍事援助計画によってウガンダに送られたのである。

これには私も大いに興味をそそられた。タイム誌によるとあるので、電話帳でタイム日本支社を調べ、それが2月15日号の十ページ目にのっていることを聞き出し、どこへ行けば読めるかのメモも書き加えてある。

高齋正《こうさい》さんからの、戦車に関する文献はどこの古書店にあるとの手紙まで、それにクリップでとめてある。長編にしようかなと、彼に話したのだ。

意欲は高まる一方といったところ。大量に作られた一群の戦車が五台になるまでにたどった運命は、ドラマチックではないか。

リーダーズ・ダイジェスト社の『北極海を行く護送船団』という本も買いこんだ。Uボートや爆撃の危険をおかし、アメリカからソ連へ物資を運んだ記録である。書棚のそれを開いてみると、村松剛《たけし》さんがある雑誌に書いた「ドキュメンタリー・砂漠戦争」の十ページほどの切り抜きがはさまっていた。六日間戦争についての文である。早川書房『アラブ戦争』など、関連した資料のメモもある。私は本気で取り組もうと考えたのだ。

そのうち、ソ連の戦車となると、ハンガリーなど東欧の動乱もからんでくると気がついた。それにも使われたとすれば話は盛り上るが、調べるのはひと苦労だ。また、アラブ諸国の関係となると、複雑をきわめていて、とてもじゃないが、手にあまるしろものとわかってきた。

ソ連へ旅行した時、レニングラードへ行ったら、独ソの死闘のあとを見てこなくてはとの思いがあったのだが、その地へ着いたら、王宮見物のほうが面白くなった。かなり熱がさめていたのだ。

そして、いま、そんなこともあったなとここに書いて、この件にけりをつける。それにしても、あの五台の戦車。すっかり有名になってしまったアミン大統領が、まだ持っているのだろうか。

こういうたぐいは、個人の作家のやることではない。いずれアメリカのどこかの会社が映像化して、テレビで放映ということになるのではなかろうか。私にできることの限界を知る上で、いい体験になった。

欄外の記入、タイム誌2月15日号とあるだけで、何年なのかまるでわからない。もともとメモとは、そういうものなのだ。

話のスケールが大きくなりすぎたから、もとに戻さなければならない。


講演会のあと、ひとりの聴衆が作家に質問。

「なぜ、われわれは小説を読むんでしょうか」

「なぜって、そりゃあ……」

作家も答えにつまる。

「チューインガムをかむのは、習慣なのでしょうか。タバコや酒は、一種の中毒なのでしょうか。小説を読むのも、それに似たものと考えるべきなのでしょうか」

「そう言われてみると、ふしぎですね」

その場はおさまるが、その作家、大まじめにその問題の追究にかかる。いままで作家でありながら、そんなことは考えてもみなかった。知人の同業者たちも、しゃにむに読者の気をひこうと、ただただ熱中している。そういえば、たしかにふしぎだ。

その結果、きわめて大きな陰謀にあやつられてそうなっていることを知る。しかし、それを発表したものかどうか。

地球は遠からず、防ぎようのない破滅におちいるのである。それを発表したら、一大パニックになる。しかも、だれのためにもならない。その破局の日まで、少しも感づかれないよう、人びとの関心をほかのことにひきつけておくことにしたほうがいい。つまり、人類の安楽死。小説を読ませるのも、その手段のひとつというわけ。


途中をすっとばしたが、ここでひとくふうしたら、作品になっただろうか。そもそも、こういうアイデアは、だれでも一度は考えつくものなのか、珍しいものなのか。そのあたりが私に、それ以上の展開をためらわせた。

あまり書き込んだら、伝奇ロマンになる。その才能は私にない。F・ブラウンの短編「うしろを見るな」といった感じのものに仕上げたかったようである。これは読者自身が被害者になる寸前で話が終るという、まことに奇妙な短編なのだ。

真相を発表するなとの圧力におびえながらといった感じが出せれば、さぞ効果的だろう。しかし、それには大変なテクニックを必要とする。まあ、私にはむりだ。

しかも、テレビという強力な娯楽媒体が世界的にひろまっている現在、それをも含めなければならず、これ以上の深入りはしないほうがよさそうだ。

整形手術で顔の形が自由になる時代。つぎつぎに好きなように変える。そのうち、知らないうちに死相に。

人相の研究が進み、その知識が普及したら、イラストレーターは困る。顔を描いたら、それを見ただけで、読者は登場人物のそれから先の運命を知ってしまう。

これこそ、まさにメモである。初期の作品に、つけボクロで運命の変る「顔のうえの軌道」というのがあるのに気づき、そこで、それ以上の思考をあきらめてしまった。

人相とイラストレーターの関係は、珍アイデアだと思うが、どうまとめたものか見当もつかない。あるいは、困るのは作家のほうかもしれない。イラストレーターだけですんでしまうのだ。異性のまざった三人の顔が並んでいれば、それを見た人は、ははあ、この三角関係はこうなってああなって、こう終るのだなと、それだけでわかってしまうのだ。

作家たちは金を出しあって、人相学の進歩をはばむ陰謀をすすめよう。

＊

メモにはSFでなく、オチのあるミステリーのものもある。私の初期の作品には、そのたぐいのもののほうが多いのだ。


ある男を青年が恐喝しつづける。

「さあ、お金を出しなさい。さもないと、あなたの社会的な生命は終りです」

「もうたくさんだ。もはや金は、きさまに全部しぼり取られた。勝手にしろ。殺したければ殺せ」

「ここはシーズン・オフの山の別荘。殺すには絶好ですね。林のなかに運んで埋めてしまえばいい」

「いい気になるなよ。わたしの身にもしものことがあったらと、きさまのやってきたこと、きさま以外に犯人はないとすべてを書いて、弁護士にあずけてある」

「その弁護士、じつは、ぼくの父なんですよ」


悪くない話なのだが、メモ以上にはならず、しようともしなかった。

ヘンリイ・スレッサーに、こんな短編がある。ある男が、女を殺す。女はその寸前、こう叫ぶ。

「あたしを殺したら、あなたが犯人だって手紙が、検事にとどくわよ」

「そうかい」

現実に、手紙は投函《とうかん》される。しかし、その男はたまたま、検事のつとめ先の一帯をうけもつ郵便配達員だった。

私はスレッサーの影響を受けたと、自分でもみとめ、好きな作家はと聞かれると、きまって、その名をあげる。

このメモのストーリー。目先を変えたエピソードを加えるなりし、独自なものにすることはできる。結末だって違っていると主張することだってできるだろう。

しかし、それをやってはいけないのだ。私はスレッサーに対し、挑戦的な心を持ちつづけなければならないのである。手法は学んだが、亜流にはならない。小細工をろうして焼きなおしを作ったりしたら、おしまいである。

それにしても、スレッサーはすばらしい短編作家だ。要約すれば単純だが、描写によるふくらませ方が、じつに効果的なのである。また、日本であまり評価されていないのもいい。もし、だれかがスレッサー、スレッサーとほめはじめたら、あまのじゃくな私は、ふん、なんだあんな作家と言うだろう。

だれか、それをやってみてくれないかな。そうなったら、私は一飛躍するにちがいない。

＊

もうひとつ、ミステリー調のやつを。

結婚して、さほど年月のたってない夫妻。ある日、亭主が帰宅してみると、きのうまでいなかった幼児がいる。妻に抱かれて、にこにこしている。

「なんだ、その子は」

「あなたの子よ。心当り、ない……」

「う、なんだって」

じつは、心当りがあるのだ。かつて、ある女とつきあい、妊娠したと告げられた時、まとまった金を渡して別れたのだ。

どうやら、その女が来たらしい。この子をどうしてくれると、ひと騒動あったという。

「話はつけたわ。もう二度とあらわれないって。うちで引き取って育てる。それで文句ないでしょって言ってやったの」

「そうか。すまん。しかし……」

亭主は極度に恐縮。

「いいのよ。あなたの子なら、あたしたちの子でもあるんだもの。大事に育てましょうね」

「悪いなあ。そうなると、ぼくもかせがなくちゃあ」

妻は子供のせわに熱中する。幼児とはもともとかわいいものだが、それがいつまでつづくかである。しかも、いわくつきの子である。しかし、妻は心をこめて育児につくす。

　こうなると、亭主はもう妻に頭があがらない。浮気どころでなく、模範的な亭主にならざるをえない。平穏な日々。

　ある日、亭主が妻に言う。

「その子、だんだんおまえにも似てきたなあ。愛情をあれだけそそいでくれているせいかもしれないな」

「そう言われると、うれしいわ」

　似ているのも当り前、じつは、妻が結婚前にほかの男と深い仲になり、それで生れた子供だったのだ。


　かつては、このてのものをずいぶん書いた。しかし、SFがさかんになるにつれ、そっちの比率がぐんとふえた。

「ミステリーなら、星さん以外にも書き手はいますよ」

　という状態である。それにつれ、月刊誌にたくさんのっているミステリー短編を、くわしく読んでいる時間もなくなった。

　このようなストーリーは、いま、どの程度に評価されるのだろう。水準以上なら、こんな形で発表してしまって、もったいないということになる。しかし、そんなのは古いパターンだといわれるのなら、作品にしなくてよかったというわけだ。不勉強は損なのである。

もっとも、こんなふうに、夫婦がそれぞれやましさを持っているほうが、外見上は案外うまくゆくものであろう。そこを強調すれば、特色のある作品になったかもしれない。

しかし、そうするには、あれこれ描写をくっつけなくてはならず、その結果できあがったものは、私の好みの作風から離れたものになりそうな気もする。そんなことも、この段階でストップさせた一因かもしれない。

それにしても、未練が残るなあ。

ＳＦ的にもうひとひねり飛躍させることもできそうだ。どんなふうにかは、いまはやめておく。作品にするかもしれないからだ。

古代遺跡が発見され、調査隊が出かける。洞穴のような個所があり、廊下状の通路の上や両側の壁面には、少しの絵と多くの文字が記されている。まだ断言はできないが、たぶん文字だろう。

しかし、ぜんぜん読めない。手がかりがまるでないのだ。

「わからんな。見ていると、いらいらとしてくる」

「まったくだ」

話し合いながら、少しずつ奥へ進む。やがて照明器具によって、上部に意味ありげな記号が浮かびあがる。とくに目立って、大きく彫りつけてあるのである。

「なんだろう。神の名か」

「そんなところだろうな」

「少しでもいいから読めればなあ」

もう少し奥へと、ひとりが足を進める。そこは急に一段ひくくなっていて、よろけて足をくじく。

「あ、いたた。わ、わかったぞ、いまの文句が」

「どんな意味だ」

「足もとに注意」

それをもとに、解読の仕事は進みはじめ、古代史のなぞがとけてゆく。

たわいないことを考えたものである。いまになってみると、ほほえましい。それでも、メモをした当時は、大まじめだったのである。

これだけではとても作品にならない。それでも、舞台を他の惑星に移し、少年むけの宇宙冒険物のエピソードのひとつに使えば、面白がってくれるかもしれない。しかし、私はもはや少年物も宇宙冒険も書く気はない。なつかしい思い出として、ここに公開するしだいだ。

なにをやったらいいのか、さっぱりわからん。催眠術をかけて、おれ自身に聞いてみてくれ。

これは私もかなり気に入っているアイデアなのである。

「大変なのは異様なシチュエーション。それができれば、ストーリーはなんとかなる」

私の持論であり、いつもそう言っている。それなら、これこそまさに異様なる発端。それなのに、ちっとも発展しないままだ。いったい、どういうことなのだ。

このメモをさらに簡単な形に分解する。根本的な発想は、催眠術による未来へのトリップである。作家になりたてのころから、このテーマに興味を持ち、たしか二つほど書いている。そのひとつは、占いへの応用だった。

催眠術によって過去へ逆行させ、さらには生れる前までさかのぼらせ、前世の記憶を引っぱり出した実験の話は有名である。はたして前世なのかどうかは不明だが、かなりの数の例がある。

それなのに、記憶といえるかどうかはわからないが、意識を未来へ動かす実験については、読んだことがない。だれでも思いつきそうなことなのだが。

多くの人に試みたが、ぜんぜん反応がなかった、あるいは、生理的に危険と判定したので中止した、そんなネガティブな結果でもいいから、どこかに発表してもらわないと、作家としては困るのである。成功例だけがデータではないのだ。

だめならだめでいい。SF的な飛躍によって、なんとか可能な形に作り上げ、ストーリーを発展させることはできる。しかし、どの程度にだめなのかがわからないのだ。そのへんがつかめないので、やりにくくてならない。

まだやってないのなら、早いところ試みてもらいたいものだ。運命の予測は不可能かもしれないが、当人の理想ぐらいはさぐれるのではなかろうか。かくされている適性のようなものも発見できるかもしれない。有益な活用もできそうである。

被実験者が不足なら、私がなってあげてもいい。

暗殺など

国家元首のはなやかなパレード。大ぜいの人垣のなかで、ひとりの男がつぶやく。

「やつも在任が長いなあ」

「うん」

そばで友人がうなずく。

世の中は平穏なのだった。行政機構が完備し、官庁には高度のコンピューターが導入され、能率のいい運営がおこなわれている。プライバシーまで管理される総背番号制度ではない。

フィードバック・システムもゆきとどいていて、民意は政治に反映され、代議士というたぐいは不要になっている。まあ、理想的といっていい社会なのである。

現実には、元首だって、なくていい。しかし、どうもそれがないとかっこうがつかない。そのため、お飾り的においてあるのだし、また、それなりの効用もあるのだ。

「一年以上も、ふんぞりかえっている」

「ひとつ、やるか」

暗殺計画の実行のことなのだ。

パレード中の元首にむかって、突然、ナイフを振りかざした少年がかけよる。しかし、護衛係が一発で射殺し、死体はたちまち処理され、そのさわぎは一瞬のうちに終る。

「若いやつは、ああいう単純な方法をこころみるからだめなんだ」

ライフルによる狙撃《そげき》も容易ではない。元首の上にはレーダーつきの電気バトが何羽も飛びまわっていて、弾丸めがけてはばたき、身をもって防いでしまうのだ。

「ひとつ、同志を集め、これまでの暗殺のデータを収集し、整理し、これはという作戦をねりあげよう」

これまで暗殺がなされるたびに、それに対応する防止策がもうけられてきた。成功するには、これまでだれもやらなかった方法を考え出さなければならない。

この暗殺には、一定のルールがあるのだ。他の人たちを巻きぞえに殺してはい

けない。また元首のほうも、パレードをはじめ公的な行事においては、身代りを使ってはいけない。そのほかいくつかの制約はあるが、うまく成功すれば、暗殺者が次の元首になれるのである。

暗殺された元首は、殉教者的なあつかいを受けない。そもそもその地位は、殺されることによって大衆を楽しませるためのものなのだから。

発言のあげ足をとったり、つまらぬスキャンダルでいじめたり、裏の工作によって元首をその地位から引きずりおろしていた時代より、交代の手続きがすっきりした形となったのだ。機会はだれにでも与えられている。民主的といえる。

同志たちによって、その計画は進められる。政府のしかけたワナにはまって、仲間のひとりが殺されるということも起る。

しかし、防備に関してのわずかなすきを突くことにより、みごとに成功。堂々たる勝利。

大衆は熱狂して新元首をたたえる。そして、しばらくの休養期間がすぎると、定期的なパレードに外出しなければならない。それは歓声にみちたものだが、そのなかから、また新しい形の暗殺計画がうまれてくるのだ。

最初のメモは、もっと短い。

〈暗殺の未来。防御と攻撃。政権交代。そのほうが大衆にとって面白いから〉

それが二枚目のメモで少しふくらみ、三枚目のメモで、ここに書いたまでに成長した。その三枚の紙片は、ホッチキスでとめてある。少なくとも三回は、私がこれと取り組んだわけである。いったい、いつごろのことだったろう。

〈凸版印刷、印刷の未来〉

という原稿受注の書き込みが、はじのほうにある。私には電話を聞きながらメモをする習慣がある。はじめてのところだと、別に依頼状を送ってもらう。そんなことはどうでもいいが、そういえば、印刷会社のPR誌にそんなエッセーを書いたことがある。未来論ブームのさかんだったころで、昭和四十二、三年であろう。

ほうぼうから「なんとかの未来」なんてのばかり書かされると、暗殺と未来とを組み合わせたくもなるというものだ。二枚目のメモの裏を見ると、チトフ少佐という名が書かれている。私は清書をやりそこなった原稿用紙の裏を、メモに使っていた時期が長かった。

そんな名のソ連の宇宙飛行士がいたなあ。いまの人は、だれも知らないだろう。まったく、時のたつのは早いものだ。

それはともかく、私はこのテーマにかなり乗り気になっていたのだ。銃、ガス、毒薬などの、さまざまな方法。それを防ぐための虚々実々の対策。そのへんがうまく書ければ、ちょっと面白い作品になりそうな気がした。

「独裁者の暗殺は是か非か」

といった書き込みもある。これは前々から抱いている未解決の問題なのだ。なにかのパーティで、林房雄さんと少しだけお話ししたことがある。

「あんなに反共論文をお書きになって、身の危険をお感じになりませんか」

「共産主義は暗殺を否定しているのです。だから、その点は大丈夫です」

そういうものかと、私は新知識を得た。しかし、その林さんも故人となられた。生れたからには、人間、なにものかにつねに命をねらわれているのだ。

もともと、暗殺という字が示すように、この行為には暗いムードがある。しかし、大衆の内心は、それを期待していて、発生すれば喜ぶのだ。それを明るく楽しいお祭りムードのものにできないかというのが、そもそもの発想のもとだったようである。つまり、カー・レースにしてしまうのだ。

なんでも、いちおうは逆にしてみる。三十のうちひとつぐらいは、もう少しいじってみたいという気になるものだ。

しかし、これはついにものにならなかった。そもそも、シェクリイの書きそうなアイデアなのである。そこが気になったのかもしれない。それを消すとなると、暗殺のルールをくわしく書かなくてはならない。

ところが、それが意外とやっかいだったのだ。また、さまざまな過去の失敗例を作りあげて並べなくてはならない。はなはだ手間のかかることで、私の頭はそういうことにむいていないのだ。それに、日本という特定な国を舞台にするのも好きでない。書くとなると、かなりの枚数になりそうでもある。私には中編や長編の才能がない。

といったようなわけで、あきらめるにいたった。困難を前にして、あきらめるとはなにごとだ。亡父に怒られそうなことだが、身のほどということもある。手におえないとわかったことで、その当時、なにかべつの、なっとくできる作品ができあがっていたわけである。

私はさじを投げたが、そのうち、このたぐいの話をみごとに作品に仕上げる人が出てくるだろう。そうなっても、けちをつけたりはしない。人には得意、不得意というものがあるのだから。

ふと思い出したので、書いておく。これまたメモの一種である。

＊

昭和四十五年、万国博の年に国際SFシンポジウムが開催された。公式記録は残っていないが、その時のムードは筒井康隆《やすたか》の傑作「新宿コンフィデンシャル」によって知ることができる。

赤坂にあるホテル・ニュージャパンの一室に臨時の事務所がもうけられ、みなが集って半分は仕事、半分は遊びで、なんだかんだと準備を進めていた。

私も時たま出かけた。ある日、夜もふけたので帰宅しようと、ひとりホテルの玄関を出て、いささか緊張した。ヘルメットをかぶり、タオルで覆面をしたゲバ学生の一団がそこにいたのである。しかし、SF作家はべつに体制側の手先ではない。危害を加えられることはないだろう。

そんな気分であたりを見まわし、思わずわが目を疑った。なんと、警察の機動隊員もまざっているではないか。それぞれ道路に腰をおろし、にこやかに談笑しあっている。昼間は乱闘し、夜になると仲なおりか。いったい、これは、どういうことなのだ。

まもなく映画のロケとわかり、ほっとしたが、あの時の驚きはいまでも忘れられない。しかし、そんな場面のある映画が撮影上映されたかとなると、記憶がいささか怪しくなる。もしかしたら、テレビのニュース用のものだったのでは……。

TVドキュメント番組。全部ヤラセ。

そのころ思いついたのかどうかはわからないが、こんなメモもある。ヤラセとは本物らしく演出された映像のことである。そのやり過ぎが問題となったこともあった。しかし、この思いつきは、それまで。このテーマでは筒井さんに『四十八億の妄想』という長編がすでにあるからだ。

先日、テレビを見ていたら、アマゾンの奥地を舞台にした番組があった。
「その日本の青年は、ただひとり、原住民をたずねて、川の上流へと……」
とナレーションが入り、その姿が画面にうつっている。おやおやだ。ただひとりはいいが、そうなると、この映像はだれが撮影したのだ。カメラマンは人間ではないことになってしまう。

東京新聞のコラムに「筆洗」というのがあるが、その切り抜きもまざっていた。要約すると。

＊

ひょっとしたら世界じゅうがだまされていたのではないかと思わせるのは〝ビアフラの悲惨〟だ。同地に最近はいった国連の調査団によると「戦闘による大量虐殺《ぎゃくさつ》や餓死があったという形跡はまったくない。避難民の健康状態はよく、極度の栄養失調の子はいないようだ」とは、まるでキツネにつままれた感がある。これが本当だったら、私たちがイヤというほど見せられたあの写真や報道は、マボロシだったというのか。

英国政府の報告によると、ビアフラ民衆を捨てて国外に脱出した大立て者、オジュク将軍はＰＲの天才で、アメリカのベテランを大金でやといスイスにＰＲ会社を作らせ、ビアフラの〝悲惨〟を世界じゅうのジャーナリストに吹き込んだ。彼らをチャーター機でビアフラに送りこみ、悲惨な場面ばかりを見せたらしい。世界の同情を背景に、独立を達成しようとしたわけ。

一方、国内では「もし負けたらみな殺しにされる」とPRしつづけ、士気をかきたてた。これまたアッと驚く話だ。情報の力の気味悪さをまざまざと見るわけで、世界のお人よしはオジュク将軍のおかげで〝情報公害〟を受けたことになる……。

ビアフラとはアフリカのナイジェリアの一地方で、その反乱の戦いの悲惨さについては昭和四十四年ごろ、どの新聞もさかんに書きたてたものだ。早くいえば部族間の対立なのだが、一方がキリスト教徒ということもあり、西欧諸国は物資などをしきりに援助した。日本はこれでいいのかと、私もいささか気にさせられたものだ。

それが、まったく架空の宣伝だったとはねえ。切り抜いてとっておきたくもなるではないか。東京新聞はこういうふうに、折にふれて報道についての反省の記事をも書く。そこが好きで、私はずっと購読しているのだ。

このビアフラについては、開高健《たけし》さんもルポを書いている。私は単行本になったのを読んだが、先入観にまどわされることなく、演出に踊らされもせず、冷静な文である。信用できる人なのだ。

つぎは、ふたたび私のメモ。

*

ある男。世の中はどこかおかしいのではないだろうかと考えつづけ、ひとつの結論に到達する。

「おれ以外の他人は、みな、いつのまにか夢遊病にかかってしまったにちがいない。そうでないのは、おれだけだ。なんとかする責任がある」

そこで、研究を重ね、それをなおす方法を発見し、装置を完成させる。ある種の大音響を発することで効果を示すのだ。

いよいよ、スイッチが入れられる。それを耳にした人びとは、はっとわれにかえる。そして、口々に叫ぶ。

「なんで、わたしは、ここにいるのだろう。どうしてだ」

だれも答えられず、大混乱。どうにも収拾がつかない。その時、男の耳に、どこからともなく声。

「だれだ、よけいなことをしたやつは」

ビアフラさわぎのころのことなのか、その前のことなのか、思い出せない。そばに「キャンティ」と書き込みがあり、その上を鉛筆で消したあとがある。つまり、SF作家が六本木のレストラン「キャンティ」を愛用していたころのことというわけである。

うまく話が発展しないかなと考えていて、その時、上京した小松さんから電話があり、私も「食って飲んで、発想の転換だ」と出かけたといったところか。

このアイデアがものにならなかったのは、そのせいだ、というつもりはない。自分以外がみな異常という話は、よくある。他人全部が夢遊病状態というのも、読んだ記憶はないが、SFを書こうとした人は、一度は考えつくアイデアではなかろうか。あるいは、いくつか書かれているかもしれない。問題は、それをいかに展開し、終らせるかだ。

「なぜ、わたしはここにいるのだ」

とさわぐシーン。どこかで読んだような気がしてならないが、なかなか思い出せない。記憶力の減退ってやつは、いやなものだ。タバコを吸いながら書斎のなかを歩きまわっているうちに、やっと思い出した。

私の短編「戦う人」である。来襲した宇宙人のガスにより、主人公を除いた全員がとつぜん記憶喪失になる場面である。私は徐々に記憶を喪失しつつあるのかもしれない。

このメモと「戦う人」の執筆と、どっちが先かわからない。あるいは同時かもしれない。どちらかの選択ということになり「戦う人」ができたとすれば、これはトーナメントの決勝戦での敗者ということになる。

この話を復活させるとなったら、よほどのくふうをこらさなければならない。また、このメモのラストも安易すぎる。こう終らせるとしたら、それなりの伏線を必要とする。

クリップでとめたあとのある点から、何回かいじったことはたしかなのだが、ついにものにならなかった。

私の筆力のなさのせいである。しかし、腕力にまかせ強引に作品に仕上げていたら、欠点の多いものになっていただろう。筆力のなさの自覚も、特質のひとつだ。

ただ、このアイデアを話にまとめ、人間は情報によってある程度の催眠状態になっているほうが、社会秩序が保たれるのではないかとの、あまのじゃく的な意見を提出したかったのはたしかなようである。だまされたとはいっても〝ビアフラの悲惨〟によって、私たちは楽しみもしたのだ。だれもかれもが冷静というのは、必ずしも理想的な状態ではないのではなかろうか。

その原点に戻れば、もう少しましなものが出てくるのではないかと思う。

＊

ついでだから、マスコミ媒体テーマのメモをもうひとつ。

コマーシャルへの世の批判が高まる。そんな情勢のなかで、ついに白いコマーシャルがあらわれる。テレビの画面にである。

「コマーシャルの時間ですが、スポンサーのご好意により、やすらぎの時をおとどけいたします」

三十秒間、画面はまっ白のまま。映像も音もぜんぜん出ない。これまでの、やたらとうるさいコマーシャルが消えてしまった。

しかし、少しも平穏な気分にならない。いらいらし、底しれぬ不安感にとらわれる。みな、そのスポンサーを知りたくなる。それこそ、これを考え出した広告代理店のねらいなのである。

がまんしきれなくなり、テレビ局に電話をかける。

「いったい、あのおかしなコマーシャルのスポンサーはどこなのだ」

「それをお知りになりたいということは、あなたさまの精神が疲れているせいでございます。それには精神安定剤として……」

そこでささやかれた商品名は、決して忘れられないものとなる。

これには、もとがある。ずいぶん前に読んだアメリカで実際にあった記事として、こんなのがあるのだ。

ジューク・ボックスがたえず鳴りひびいているスナック。しかし、コインを投げ入れ、あるボタンを押すと、無音のレコードが片面だけまわる。その気になった人は、ある時間だけ静かさを買えるというわけ。

すごい商法もあるなと感心したものだが、いま考えなおすと、うるさいのがきらいな人ははじめからそんな店へ入らない。話題となるのをねらった、その店の巧妙なPRだったのだろう。PRとは本来、こういう形のものなのだ。

わが国でも、かつてある大企業が、ある週刊誌の広告のページの全部を買い切り、広告なしの号を発行させた。景気のいいのにまかせてである。しかし、大金をかけたわりには、それほど話題にならなかった。

われわれは、もはやコマーシャルがないと、どうしようもないのだ。広告のない雑誌は、なんとなく読む気にならない。一時、PR誌が大流行し、どの企業もそれを出した。しかし、石油産出国の価格値上げ、いわゆるオイル・ショックを境に、その大部分が発行をやめた。冗費節約ということもあるが、効果のなさがわかったからだろう。

なぜかと考えてみると、PR誌には広告がのっていないのである。そのため、読もうという気にならない。まさに、パラドックスとは、このことだろう。

いまだにがんばって、文化人類学的な編集方針をとり、利益を社会に還元しようという良心的な姿勢で、雑誌を出しつづけている企業もある。いい内容だなあと思い、保存しておこうかという気にはなるが、読もうという気には決してならない。読んでもらいたければ、他社のでもいいから広告をのせろだ。

ところで、この白いコマーシャルのアイデアだが、ジューク・ボックスの話のバリエーションなので、気がひける。だまっていればわかりはしないのだが、書いていてちっとも面白くない。ラストはまああと思うが、私としては合格点をつけられない。

それに、番組よりコマーシャルのほうを面白がる異星人の話「エデン改造計画」を書いてしまった。コマーシャル・テーマのSFは、もう少し別な角度から取り上げてみたい。そのうちに。

案外、これを読んで、白いコマーシャルをやってみようとするスポンサーが出現するかもしれない。もうちょっとくふうを加えれば、かなりの効果を示しそうな気がする。

＊

テレビといえば、アメリカの刑事物シリーズ番組の主人公は、どれも魅力的というか、とにかくユニークである。

ロールスロイスを運転させて動きまわる百万長者。同僚と大差ない給料のはずなのに、なぜだかわからないが金に不自由で、いつもよれよれのレインコートのやつ。車《くるま》椅子《いす》の人。ニューヨークで西部劇スタイルの人。頭にぜんぜん毛がないのを、とくいげに見せびらかす人。

平凡な人物は刑事になれないいんじゃないかという気分にさせられる。

さすがに最近は言われなくなったが、かつては私に「主人公をきめた連作シリーズをやりませんか」と提案する編集者もあった。

それに応じて、私も知恵をしぼってみたこともある。そのいくつかを、とりあげてみる。

なまけもの探偵。仕事がいやでいやでならない。それでも、おだてられると、動きはじめ、一生けんめいになる。

＊

いつも必ず損をするブルジョア泥棒。盗みが趣味。うまくゆくのだが、つい同情心を出して、だれかに恵んでしまい、赤字を出す。そして、こんどこそ、あっということをやってみせると……。

＊

盗癖のあるやつと、浪費癖のあるやつのコンビ。うまくゆく。政府のごとし。

第一の、なまけもの探偵。締切りについて話しあう時の作家みたいなところがあり、面白いとは思うが、これは無理。そんなのを書ける才能は、私にはないのだ。

そもそも、私はミステリー雑誌を最初の発表舞台とした。そこで特色を出すには、SFやファンタジーの傾向のものを書くほうがいいのである。正直なところ、ある時期まで、ちゃんとした推理小説も書かなくてはいけないという気分でいた。しかし、そのたぐいとなるとうまい人がいっぱいいて、いまやそんな考えはなくなってしまった。

むしろ、ブルジョア泥棒、大金持ちなのに大まじめで泥棒をやるやつのほうが書きやすいだろう。しかし、似たような主人公はすでにあるし、よほどの特色を出さなくてはだめだ。ひとりだけだとネズミ小僧になってしまうし、部下の数がふえると犯罪組織になってしまう。

話はそれるが、列車強盗というと、列車内で盗む行為で、列車泥棒というと、列車そのものを盗むこと。日本語は微妙なものだ。列車を強奪する事件が発生したら、待ってましたとばかり、列車ジャックと呼ぶだろう。

最も気に入っているのは、最後のやつだ。盗癖と浪費癖のコンビである。発作的にとんでもないものを盗んでしまうなんて、だれも書いてないのではなかろうか。それに浪費癖の人物をくっつけたら、オリジナリティを主張できそうである。

計画犯罪は私の苦手とするところ。そもそも犯罪というものは、計画的だから発覚するのだ。また、発作的なら、ストーリーもかなりの無理が許されそうだ。そして、浪費癖のほうが、これまた、とんでもないことに使うのである。ナンセンス性もでてくる。こんなのが書けたら、さぞ気分がいいだろうな。

そこまで意欲が盛りあがっていながら、なぜ書かなかったのか。

ただただ、私に才能がないからである。シリーズ物は、性格的にむいていないのだ。ある主人公を作ってしまうと、そいつはある種の保障を得てしまうことになる。つかまることも、殺されることも、発狂することも、結婚することも、大学教授になることも、政界に入ることも、宇宙人にさらわれることも、なんにもできなくなってしまう。そこがもどかしくてならない。

もっとも、私もシリーズ物を書いたことはある。石川喬司《たかし》さんが「サンデー毎日」に在職中、連作の注文をいただいた。はじめての週刊誌の連載で、これだけはなんとしてでもやりとげなければならないとの思い。しかし、特定の主人公が設定できない。

そのあげくの苦肉の策の結果が、あとで一冊にまとまった『ノックの音が』である。書き出しを「ノックの音が」で統一し、あとのストーリーの展開は毎回それぞれ独立している。まあ、大過なく終った感じである。人間、いよいよとなると、なんとか方法を考えつく一例といえそうだ。

しかし、ここまで書いてきて、あっと思った。連作は無理としても、なぜ単発の作品としようと考えなかったのかだ。それだったら、なんとかなったはずである。

メモの「政府のごとし」の書き込みを見おとしていた。ここに重点をしぼれば、ものになっていたにちがいない。いまからでもまにあうが、筆の勢いで、ここまで書いてきてしまった。いまさら引っこめるのは、いさぎよくない。ひたすら残念がっておく。

こんなふうに古いメモを再検討するのは、けっこう面白い。なぜこのコンビが連作にできなかったのかの、もうひとつの原因もわかってくる。

盗癖も浪費癖も、一種の病気らしい。世の中には家族にそんなのがいて、困りはてている人だっているだろう。それを連作にしては、気の毒というものだ。そういう無意識のうちのブレーキが働いたようでもある。

それにしても、単発にすることを考えなかったのは、惜しい。政府こそ、まさしく盗癖と浪費癖の重症患者なのだ。それでラストを盛りあげれば、軽症の患者など「あ、そうだったのか」と思い、救いになり、あるいはなおってしまうかもしれないではないか。傑作ができたところなのに。

う、う、う。書き終ったら、やけ酒でも飲まないと、眠れそうにない。おれはなんという、不注意で、まぬけで、なさけないやつなんだろう。

＊

まあ、そう気を落さないで、もう少し書こう。

国家機密を作って、それを売ってもうけている国。

これは、似たようなテーマで短編にしてしまっている。なんで、こんなメモが残っていたのだろう。作品は、妙な秘密のほうをまず思いつき、国営の商売へと話をふくらませるという経路でできあがったのかもしれない。

しかし、あつかいようによっては、ちがったバリエーションでも書けそうである。ビアフラ戦争のように、でっちあげPRで援助物資を巻きあげたやつだっているのだ。

旧南ベトナムの指導者だって、援助資金を着服し、それを持ってアメリカに亡命し、商売をやったりしているらしい。そういうのを批難しないのだから、アメリカのジャーナリズムもどうかしている。なんとか理屈をつけて没収し、難民の生活を助けるのに使うべきではなかろうか。

機密の販売にこだわることはない。国家ぐるみの詐欺《さぎ》というのは、ちょっと新鮮なテーマのような気がする。侵略戦争というのは、国家ぐるみの強盗である。それなら、さらに高級な詐欺だって、あっていい。

たとえば……。

あ、あるぞ、しかし、それを実行するには、敵をあざむくには、まず味方を。巧妙に国民をそんな気にさせなければ……。

しかし、これ以上を書くと、某国のスパイにねらわれることになるから、やめておく。言論は自由だなんていうが、身の危険までは守ってくれないのだ。暗殺されては、ほかのやつらを楽しませるだけ。

これは、いうまでもなく、でたらめ。いいアイデアなんか、そう簡単に浮かんでくるものではない。

しかし、小さい、あるていど安定した国の政府の最高顧問なんて地位は、ずいぶん面白いだろうな。あれこれ進言し、うまくいけばいい気分だし、失敗すれば逃げて帰れる。

そういえば、現実に軍事顧問という外国人をおいている国がある。そいつらのおかげで……。

いや、いかん。くわしく書きはじめると、命をねらわれかねない。どうも、さっきから調子がおかしくなっている。

国家がからむのは、しばらくやめよう。ロボット・テーマのメモがあった。

自己再生産ロボットが完成する。すなわち、ロボットを作れるロボットである。人間は雑事から解放される。もはや働くことはないのだ。ただ遊んでいればいい。

そのあげく、人類は滅亡。

しかし、ロボットは滅亡しない。生き残ってといっては変だが、そのまま自己のやるべきことをしつづけてゆく。

ロボットはロボットを作り、それがまたロボットを作る。ただひたすら、数がふえてゆく。

悪夢のような光景……。

都市の過密化を風刺するような書き込みもついているのだが、それはいささか古い。

いっそのこと、これを極限まで押し進めたらどうだろう。ロボットだから、空気の汚染のような環境の悪化など、どうとも思わない。惑星の資源を使いはたすまでやってしまう。

もちろん、ロボット作りに使えない物質は残る。必要物資のなにかがつき、そこで停止することになるのかもしれない。それを中心とし、あとはすべてロボット。無数のロボットから成る惑星に変化し、命令を待ちながら、宇宙空間に存在しつづけることになる。

イメージとして、悪くないようだ。

そこへ、かつて宇宙のかなたへむけて発信したメッセージの返事が。あるいは、通りがかった他の星の宇宙船が。内部のどこかで、人類の残したテープがなにかのかげんで回りだし……。

なんとかいじりたくなるのが、作家としての宿命なのである。時には、いじらないままにしておいたっていいじゃないか。

数えきれぬロボットがすきまなく組み合わされ、いつでも動ける能力を持ち、しかし、命令のないまま、無限の時間を待ちつづける。人類は時のかなたに消え去ったのに。

しかし、私はそれを作った作家だから、いかなる命令もできるのだ。それでも、なんにも命令しない。これは、まことにいい気分である。こういうことは、SF作家にしか味わえないことかもしれない。それに、こういう形式の文章だからこそ……。

いくらか調子が戻ってきた。

現象など

このところ、いいアイデアが浮かばず、弱りきっている。思いつくままメモを取るが、これはというのが出てこない。出るのは、ため息ばかり。

だれかれかまわず泣きつきたいところだが、相手になってくれる人は、ひとりもいないだろう。笑われるだけである。

「星さんが、なんです」

と言われるにきまっているのだ。同情してくれる人がいたとしても、現実に知恵を貸してくれはしない。

なんで、こんなことになってしまったのだ。海外旅行の予定があるので、原稿を早めに書き上げようとのあせりのためかもしれない。あせるのはよくないのだ。

そこで、エッセーのほうを先に片づけることにした。古いメモの山をかきまわしていれば、なにかが出てこないとも限らない。

小説を書こうとしても、アイデアが出ず、いらいら。どうしようもない……。などと書いている作家がいる。その時、ある歌手が他の場所で、とつぜん音痴になっている。また、経営手腕をみとめられている切れ者の社長が、いつものように決断を下せなくなっている。各所で同じような現象が起りはじめているのだ。

つまり、発想に苦しむのは、よくあることなのだ。その苦しまぎれに、かつてこんな逆手を考えたというわけ。こんな天然現象が発生したらである。

フィクションの分野の作家に、この苦痛について書けと依頼したらどうだろう。よしきたとばかり、喜びいさんで活気と躍動にみちた文章が、とめどなく流れ出てくるのではなかろうか。

どこかの雑誌で、その特集をやらないだろうか。豪華メンバーの力作が並ぶはずである。いや、そんな締切りの時に限って、すごいアイデアが雲のごとくわき出てくるのだろう。人間とは、そういうものなのだ。

このメモ、とくに悪くはないのだが、長編むきのもののようだ。読者としては、それからどうなるかが問題で、このラストではいかにも弱い。

なにしろＦ・ブラウンの『火星人ゴーホーム』という傑作があるのだ。はじめのところで作者がぼやきにぼやき「なんだ、こりゃあ」と思っているうちに、奇妙な作品世界に引きこまれてしまうのである。

ストーリーはぜんぜんちがうが、小松さんの『題未定』の発端もそうである。ぼやきを巧妙に発展させている。

日米の実力派に長編で書かれてしまっていては、もう私の出る幕はない。この最後の手段さえ使えないのである。なんということだ。

そのそばに、まったく異質の書き込みがある。ついでに紹介してもいいのだが、非常用にとっておく。いずれはここに書くことになるのだろうが、安心感を残しておくためである。

出し惜しみと思われるのもしゃくだから、そのかわり、とっておきのを公表する。なんだか矛盾しているみたいだが。

地球の不用品の送られてくる星。つまり、ごみ捨て星である。そして、それは物品に限らない。人物の場合もある。
宗教家たちが送られてくる。もはや、宗教は不用品あつかいになったのだ。

そのうち、秩序なるものを好まない性格の連中が送られてくる。しばらくの年月をおいて、軍人たちが送られてくる。かつて不満分子たちをここへ追い出したやつらがである。

つづいて、科学者たちも。軍人が迎えて言う。

「おやおや、頭脳的な手段でわれわれを追い出した、あなたたちまでも……」

しかし、そこで終りではない。やがて、優秀な性能を内蔵したロボットたちまでが、この星に不用品として送られて……。


これは、かなり気に入っている話なのである。地球の最終支配者になったはずのロボットまで、追い出されてしまった。なににとってかわられたのか。どうにでも作れる結末だが、ここではあえて、なぞのままにしておいたほうが効果的のようだ。みなは「だれに追い出されたのか」と口々に質問するが、どのロボットも答えない。それに関する記憶が消されているのだ。

こういうSFは、まだ書かれていないはずである。張り切って取り組む価値はあると思うのだが、これまた、ある程度の枚数を必要とする。

まず最初に、追い出されてやってきた宗教関係者が、それなりの社会を作る。メイフラワー号のころのアメリカといったところか。

しかし、宗教には各種あるから、地域的にそれぞれ独立した社会となるかもしれない。そこへ、迫害した連中たちがやってくる。にくしみを感じるだろうし、ざまあみろとも思うだろうが、いずれは「おたがい、地球を追われた者どうしじゃないか」という形で、なんとか新しい社会が形成されることになる。

追放はもっと何段階かにわけておこなわれるだろうし、それをいちいち描写していかなければならない。手間のかかる仕事である。しかし、その気になれば、仕上げられないこともなさそうだ。

ところが、このところ長編をまったく書いていない。短距離ランナーに、準備なしにマラソンをやらせるようなものだ。何枚ぐらいにまとめるのが適当なのか、まるで見当もつかない。第二の地球の新社会をどう構成するか迷い、行きづまることだってある。

これを、なんとか短編の形になおせないか。そもそもこの発想を分析すれば、被迫害者と迫害者。それがある事情により、前者が先輩という優位に立った形の逆転なのである。

惑星という舞台を変えればいいのかもしれない。たとえば霊界。殺された者、あるいはいじめ抜かれて自殺に追い込まれた者。それが霊界の生活になれたところへ、天罰てきめん、加害者が霊となってやってくる……。

これだったら、扱いやすい。なぜ、さっきまで、このたぐいのアイデアも出てこなかったのだろう。エッセーとなると、とたんに調子づいてくる。リラックスのせいだろうか。

いまからだってまにあうのだが、それをやると、ごみ捨て星の話は当分、あるいは永久に、だれにも知られぬままとなる。そうしてしまうにはあまりに惜しいようなので、ここに日の目をみさせておく。

まったく、少し前までは、ろくでもないアイデアしか出なかった。新しいメモを公表するのは方針に反するが、一例として参考のために引用する。

死んでもまだ成仏昇天《じょうぶつ》できずにいる男。墓地から抜け出し、未練のある盛り場へと宙を飛ぶ。あたりで声がする。
「あ、UFOだ。見ろよ」
「そうだ。はじめて見た。あんな飛び方をするものとはな」
目的地へ着き、おぼろげな形となって出現したはいいが、そこでも予期しない反応が待っている。

「あ、あなたは宇宙人でしょう。そうにちがいない。印象が決定的にちがいますものね。たしかに普通の人間ではない。カメラを持っていればなあ。サインをして下さい」

仕方なく、卒塔婆《そとうば》にあったような字を書いてやる。

「すごい。これが宇宙文字ですね」

どうしようもなく墓地へ戻り、うんざりとした声でつぶやく。

「おかしなことになったなあ。むかしは、人魂《ひとだま》や幽霊というと、もっとこわがられたはずなのに」


自分では見ていないが、私の少年時代のころ、人魂を見ている人はけっこういた。昭和三十年ごろだって、銀座のバーへひとりで行った時など、人魂を話題にすれば「そういえば、あたしも見たわよ」と言い出す女の子があらわれ、けっこうぶきみな気分にさせられたものだ。

それが、いまや、なんでもかんでもＵＦＯだ。だれも少しもこわがらない。いくら工業化、都市化が進んだからといって、むかしあれだけ目撃された人魂は、どうなったのか。絶滅してしまったのだろうか。

「そうじゃありませんよ。むかし人魂と呼んでいたものの正体がUFOなのです」

との反論もあるだろう。そこが議論の分れる点で、論争をしても結論は出ない。私も、江戸時代の人が人魂の存在を信じ、ある場所には幽霊や雪女や天狗《てんぐ》や河童《かっぱ》のいる可能性をみとめていたのと同程度に、科学では解決できないもののあることは否定しない。それだからこそ、SFも書けるのである。

しかし、なにかが飛べばすべてUFO、宇宙人の乗り物、人の形に似たものは宇宙人となると、首をかしげ、全面的賛成はしない。

こうなったのも、学者やマスコミがいけないのだ。昭和の二十年代には、宇宙旅行だの空飛ぶ円盤に関しては、一笑のもとに片づけていた。それがどうだ。人工衛星が打ち上げられたとなると、手のひらをかえしたように変りやがった。

「銀河系だけでも、生命のある可能性をもつ惑星となると、一千万はありますからねえ」

などと、にこやかな顔でぬかす学者のほうが多くなった。私の感覚が古いのか、物わかりのよすぎる学者は、どうも学者らしくない。

「無知な大衆め、心得ちがいをするな。月や火星になにかを飛ばしたからって、大さわぎをするのは早まっている。恒星間の距離というものを考えたことがあるのか」

こう発言してこそ科学者ではないのか。そこでSF作家が意地になって反論。それが本来あるべき姿なのである。SFが書きにくくなったことの原因のひとつも、私の場合、そこにある。

現実が空想に追いついたのではない。曲学阿世《きょくがくあせい》のやからがふえすぎたのだ。さっきの、ごみ捨て星の作品化をためらわせているのも、恒星間の距離である。こっちは、そこまで配慮しているのだ。この風潮、どこかおかしい。

幽霊だって、調子が狂ってしまうだろう。人魂になればUFO、出現すれば宇宙人。若い女の幽霊など「うらめしや」と言い出す前に、なんとか星の王女あつかいにされてしまう。

そんなことへの問題提起、社会批判を盛りこんで書こうかとメモしたのである。幽霊のとまどいとユーモアをばらまけば、作品になる材料である。

しかし、それをやる気にならない。なぜなら、時事風俗や流行は書かない方針だからである。数年前なら書けたかもしれないが、こう妙な社会現象になってしまっては、手におえない。

UFOを扱ったアイデアはほかにもあるのだが、それはこの流行が終るのを待ってから作品にする。もっとも、その前に、現実に衆人環視のなかで着陸されたら、どうしようもなくなるわけだが。

＊

作家になってしばらくして、ずっと持ちつづけのアイデアがある。いつでも書けるということは、いつまでも書けないということでもある。ひっかきまわせば、メモはどこかにあるはずだ。こんな話。


ある男。わけもなしに警察へ連行される。そして、地下室にほうりこまれる。

「なぜ、わたしを逮捕した」

「おまえは、よからぬことをやりかねない人物だからだ」

「そんな、むちゃな。やったからつかまえるというのならわかるが、なんにもしていないのに」

「つべこべ言うな」

不当もいいところ。男は各方面へ手紙を出し、そのことを訴える。その自由は許されているのだ。しかし、どこからも反応はない。同情者はあらわれない。カフカの「審判」の主人公のような状態。

しかし、そんな高級なものではない。やがて男は釈放される。すなわち、ぶじに終ったのである。東京オリンピックが。


これは、その当時のことを知らないと、ぴんとこないかもしれない。こんなことが起っても、ふしぎでなかった。日本人はなにか大きな目標へあおられると、それがすべてに優先してしまうのである。そして、だれもがそれを当然と受けとめてしまう。

東京オリンピックを知らない世代の人には、そこを大阪万国博とかえればいい。それも知らない人は、エリザベス女王来日とおきかえてもらえばいい。

フォード大統領の来日の時に、私はひどい体験をした。その前日、新潟県の長岡から上野駅に着いた。国電に乗ればよかったのだが、荷物もあるのでタクシーに乗ったのが運のつき。高速道路が安全点検のために閉鎖され、一般の道が大渋滞。おかげで普通なら三十分とかからない距離に、長岡・上野間に匹敵する時間と金とを費やさせられた。

「まあ、仕方ないだろうな。万一、フォード大統領が暗殺されたら、えらいことだからな」

自分でもそう考えたのだから、私もまた日本人としての国民性をそなえている。しかし、そこに気がつくだけ、少しはましではないかと思っている。

ハイジャックさわぎの時には、憲法も法律もそっちのけで、超法規なるものによって、裁判中の犯人を釈放してしまった。そして、それに文句をつける人はいなかった。極刑を覚悟していた犯人たちにとっては、夢のような気分だったろう。

将来、諸外国の元首を集めたお祭りさわぎの会議でも開かれれば、要注意人物はその期間ひっくくられ、だれもそれを当然とみとめるのではなかろうか。いい悪いではない。日本とはそういう国なのである。

そんなたぐいの大きな催しがあるたびに、私はこれからも、このメモのストーリーを頭に浮かべるはずである。いまになって思うと、オリンピックの時にそう明記せず、なにかの国際大会とでもぼかした表現で作品にしておくべきだったようである。

＊

これもまた、私においてタブーとなっている、エロチック・ムードのお話。透明人間が登場する。なんだ、よくある話じゃないかとお思いになるだろうが。

ある青年、夜にふとめざめると、そばに女性のけはい。けはいだけじゃなく、手でさわると現実に女性がいるのである。ハンサムでなく、まるでもてない男なのに。こんなことが起るとは。

電灯をつけてみると、だれもいない。しかし、さわればちゃんと感じるのである。まっ暗にすれば、まさに女性そのものなのだ。会話もかわせる。相手のほうでも感じてくれる。

かくして、青年はその透明人間の女性と深い仲になる。この、ひそかな楽しい生活がつづけられる。

「あなた、赤ちゃんがうまれるのよ」

やがて、出生。その子は、成長するにつれ、たちまち悪い遊びをおぼえる。

「うらめしや」

と他人を驚かす。なにしろ、遺伝の法則によって、下半身が透明なのだ。

そのうち、私の作品が落語になる時、これをまくらに使ってもらうとするか。もっともらしくはじまって、とんでもない結末。まさに小ばなしである。

しかし、この出だしの部分。ぜんぜんもてない青年が、透明な女性と暗いなかで愛しあうあたりを、くわしく描写したら、かなり異様なエロチックな作品となるのではなかろうか。

その才能のなさをなげくのみである。

そういえば、雪女伝説にも、そのような話がある。生れた子供を残して、どこへともなく消えてしまうのだ。しかし、なぜかその子供には、雪女的な体質は伝わっていない。男性上位時代の話のためか。そんな不満が、こんなアイデアとなったのだろう。透明人間でなく、設定を異次元の女に変えてみるか。その女と生活をともにするようになるのである。楽しい日々。しかし、次元のひずみの消える日がきて、女はいなくなる。そして、残された子供は、右半分がなくなってしまうのだ。

異次元の女性との、つかのまの愛。使い古されてはいるが、タイムマシンと同じく、バリエーションの許されるテーマである。出現のしかた、会話、生活などに特色が出せればである。

問題は、その終らせかた。再会をいつまでも待ちつづけるというのは、それこそ完全に使い古されている。

左右まっぷたつの人間というのは、小松さんの初期の作品にある。前半がちがうからいいとはいうものの、それを読んでいる人には驚きが新鮮でない。いささか強引かもしれないが、愛は次元よりも強力と、ひずみをそのままにとどめてしまう方法もあるかもしれない。しかし、それから先がことである。不自然さがもとで、事態は妙な方角へと拡大してゆく。大混乱。こうなると、筒井さんの作風になってしまうのだ。

これからSF作家になろうという人は、こういったことで悩むのだろうな。こう発展させれば小松さん、ああすれば筒井さんだ。しかし「こうすれば星さん」というのはどんなのか、私にはまるでわからない。知らぬは本人ばかりなりだ。

＊

こうなれば、ついでだ。もうひとつとっておきのやつも書いてしまうか。

フランケンシュタイン家の子孫が、またも父祖代々つたわる事業を再開する。モンスター、すなわち怪物人間の復活の研究である。それをやる以外に、この家系の存在価値はないのだ。

そして、やっと完成。しかし、例によって大あばれ、逃げ出してしまう。おとなしかったら、モンスターとはいえない。

月の光のなかをさまよっているうちに、狼《おおかみ》に襲われ、かみつかれる。これがなんと、狼男の変身したやつで、かまれた者は、満月の夜となると、狼となって人を襲うのだ。

しかし、その次の夜、またもなにものかにかみつかれる。そいつはドラキュラ、つまり吸血鬼。のどにかまれたあとが残ってしまう。かわいそうに、吸血鬼の体質にもなってしまった。

そのうち、建物をみつけ、なかに入る。たまたまそこは、ある博士の研究所。机の上にあったびんの液体を飲んでしまう。発見されたばかりの、透明人間になる薬を。

あなたへの、ご注意。満月の夜には外出なさらないほうがいい。遠くで、なにかのほえる声。それから、ゆっくり近づいてくる重い足音。あなたはふりむくが、なにもない。気のせいかと息をついたとたん……。

理屈で考えれば、これ以上のすごい存在はないはずである。しかし、こわがってくれる人はいないだろう。ナンセンス仕立てで作品にしようとしたこともあるのだが、どうもうまくいかない。そもそもは『ほら男爵《だんしゃく》 現代の冒険』の「地下旅行」の章を書いている時に、副次的に思いついたものである。

夏の夜に怪談をせがまれた時にでも、話してみて下さい。

「きゃっ。そんなこわい話、はじめて……」

とふるえる女の子でもあらわれたら、話した当人がぞっとしてくるかもしれない。

＊

ついでのついでといった形で、もうひとつの怪談的なメモ。

> タクシー。夜の街を流している。
> 運転手。交差点でとまり、なにげなくうしろを見ると、座席にお客さん。

このメモは二枚もあった。さがせば、もっと出てくるかもしれない。折にふれて思いつき、ものにならないままゆきづまるのだ。

いうまでもなく、よくあるタクシー怪談のひっくりかえしである。乗せたお客が消えるのでなく、乗せたはずがないのにそこにいたという驚きをねらったもの。

しかし、そのあとの展開がむずかしい。墓地でおり、そのまま消えたでは、ストーリーまで裏がえしである。思考はどうしても、そこへいってしまう。もう少しちがった形にならないものかと、われながらもどかしい。

もっとも、タクシー怪談のバリエーションは、すでに書いている。お客が消えるのかと思わせておいて、自動車のほうが消えてしまうのである。ひっくりかえすのなら、そこまでやらなければ気がすまない。

それにしても、なぜ私がこの出だしを何回もメモしたのだろうか。あれこれ考えているうちに少しわかってきたが、そこまで創作の手のうちをあかすことはあるまい。秘密の部分を残しておいたほうがうまくゆくことだってあるのだ。

ローウェルの一生。

プルートー（冥王星《めいおうせい》）。名前のイニシアルの略。

これは、がらりと変ったメモである。天文学者の小尾信彌《おびしんや》さんとの対談の時、ローウェルのことが話題になり、その人生を知りたい気分になり、帰って書きつけたもの

だ。

極東へも旅行し、日本についての印象記を書いているとのことで、そんな点にも興味を持った。

やがて、I・アシモフ著、皆川義雄《よしお》訳『科学技術人名事典』という共立出版から出ている本を入手し、Percival Lowell の略歴を知ることができた。

ボストンの名門に生れ、ハーバード大学を卒業、事業をしながら、極東旅行。明治十年代ごろに日本に立ち寄ったらしい。

財産があるのでアリゾナに天文台を作り、スキァパレリが発見した火星の運河に関心を持ち、その観察に熱中した。十四年間にわたってである。数千枚の写真もとった。

火星にとりつかれ、火星を愛した男である。彼はそこに百八十本の運河を見、オアシスを見、季節によって変化するのを見た。現実は、あばたもえくぼであったにせよ。そして、それを人びとに話したのである。

ローウェルは数学が好きであった。火星観測のかたわら、天王星の軌道のずれをもとに計算し、その外側の未知の惑星の存在を予測し、それの探求をつづけた。好きな分野を生きた幸運きわまる人である。

トンボーは貧しく大学にも行けなかった男。ローウェルの死後にその天文台へつとめ、天体観測をつづけ、ついにその未知の星を発見し、冥王星（PLUTO）と名づけた。ＰＬという最初の二文字が、ローウェルのイニシアルとなっている。

＊

それにしても、アシモフのこの本の内容は充実している。エジプト時代の学者からはじまり現代までの科学技術者、千人あまりの人名事典なのである。その人生の要約がじつにうまく、個性的なエピソードもつけ加えられている。

私がエジソンについて調べた時、副登場人物を知るのに非常に参考になった。関連している人は番号によって、すぐわかるようになっている。それに従って読んでゆくと、電気に関する発達史が小説的な面白さでわかってしまった。

天文学についても同様。医学、物理学もまたしかりのようである。どえらい本を作ったものだ。なんとなく机のそばからはなせない。作風はあまり私の肌に合わないが、そのはばの広さと博識とには、ただただ敬服のほかはない。

＊

少しは傾向の変ったものも。

天地創造の神話。先生が小学校で教えている。

第七日目。神は機械をお作りになった。

第八日目。神はテレビをお作りになった。

第九日目。神はコンピューターを……。

歴史の抹殺された時代のこと。


参考のために、旧約聖書の天地創造の順序を書いておく。

第一日目に昼と夜。二日目に大空。三日目に陸と海と植物。四日目に太陽と月と星。五日目に鳥と水中生物。六日目に陸上動物と人間である。

くわしくお知りになりたければ、共立出版のアシモフ著『創世記のことば』という本がある。まったく、すごい作家だ。

それはともかく、このメモの調子で片づければ、世界で最も簡単な歴史パンフレットが出来あがる。原子力が抜けているの、ステレオが抜けているのとの文句があれば、あと一日をつけ加えていい。もはや週休一日の時代は、作家を除いて終ったのだ。七日目の安息日にこだわることはない。

思いついた極論だが、歴史教育なんてものは、危険思想の発生源である。それぞれの国が自国中心の歴史教育をやっていたら、国の対立はいつまでも消えない。将来、古代文明のなぞの解明は進むだろう。と同時に、社会の固定化は当分のあいだ実現しないのだから、現在はつぎつぎと歴史のなかにくり込まれてゆく。

それを義務教育としたら、未来の少年の立場になってみると、たまったものじゃない。情報量はふえる一方。これだけで頭が破裂してしまう。

いずれは、月や火星も地理の学習に入ってくるだろうし、配給エネルギーの有効な利用法などが、生活上、最も重要なものとして教育されることになるだろう。

そのあげく、過去のことはあっさりと片づけようと、こんな歴史教科書が出現しないとも限らない。ごちゃごちゃ教え込んだって、大部分は忘れてしまうのだ。そして、知らなくったって、生活に支障はない。

この教科書を使えば、世界史は三十分ですんでしまう。しかし、試験をやると、これだけのことさえ暗記できてない生徒もいるというわけなんだろうな。

このアイデア、未来物の一シーンに使えるかな、いや、そこだけ浮き上ってしまうかなと、発展させるのをためらっていた。しかし、こう検討してくると、未来の小学校の一日というテーマで、ユニークな一編が出来たようだ。もったいないことをしたと思うが、ここまで書いてきたからこそである。

永久にすべりつづけられる、円形のスキー場。重力発生装置の利用。

これはたぶん、スキーを扱ったショートショートをたのまれ、頭に浮かんだことを書きとめていた時のもののひとつである。かりに重力発生装置ができたとして、こんなことは可能だろうか。スケートリンクのように、スキーで落下しつづけることが。

ひとりで使うのなら、できそうである。しかし、何人も同時にとなると、どうなのだろう。こういうことになると、私には見当もつかない。重力発生装置など、私の作品には出てこないのだ。

そのそばに、円形の簡単な図が書いてあり、こんな文句が走り書きしてある。

原子が原子であるためには、エネルギーが必要ではないのか。

回転ということからの連想である。原子核のまわりを電子がまわっていて、それが原子。そこまでは私も知っている。しかし、それ以上となると、なんにも知らない。

いったい、電子はなんの力によってまわりつづけているのだろう。永久運動なのだろうか。やがてはエネルギーがつき、消滅するなんてことはないのだろうか。

惑星が太陽のまわりを公転するのに、なんの動力もいらないのと同様なのだろうか。地球の公転速度はおそくなっているのだろうか。だんだんゆっくりになり、あるところで静止なんてことにはならないのだろうか。そうなったら、四季はその時点で停止してしまうのだろうか。

こういうのは、アイデアとはいえない。無知からくる妄想である。

電子に関する知識でさえかくのごとしだから、素粒子となると、もうどうしようもない。アインシュタインによると、物質はエネルギーである。大変な発見であることは、まちがいないようだ。なにしろ現実に、原子力発電がおこなわれているのだから。

となると、エネルギーをどうかすることによって、物質が発生するという現象も起りうるのだろうか。熱か光を受けると、原子がいくつかふえるのだろうか。そうでなかったら、時間の経過とともに、恒星は物質をエネルギーに変えて消滅してしまうことになる。どういうサイクルになっているのだ。

新聞や雑誌でエネルギー問題が論じられるが、エネルギーとはなにかとなると、ぜんぜん解説してくれない。

恥をしのんで告白するが、私の科学知識たるや、こんな程度なのである。専門家には笑われるだろうが、どうしようもない。いや、正直なところ、恥だなんて思っていない。知らないほうが圧倒的に多数派なのだ。

ブラッドベリに「太陽の黄金《きん》の林檎《りんご》」という短編がある。地球のエネルギー不足をなんとかするため、宇宙船で太陽に近づき、熱の液体をくみとってくる話である。独特なムードがあり、いい作品だ。

しかし、私はそこまで平然となることもできない。ああでもない、こうでもないと、ぶつくさつぶやきながらメモを取りつづける以外にないのだ。

酔っぱらいなど

小さな字でごちゃごちゃ書き込んだメモの紙片。そのなかには褐色に変色し、よごれ、しかも、とめてあるクリップがさびついているというしろものもあった。まもなく判読不能になりそうだ。

ずっと長いあいだ机の上につみ上げておいたので、日光にさらされたり、タバコの煙が吹きつけられたりした結果である。もっとも、現在はクッキーの空箱に移したため、これ以上ひどくはならないだろうが。

その、かすれて消える寸前のやつを、拡大鏡を使って読んでみた。

宇宙人が来訪。

酔っぱらうにつれて、しだいにしゃべりだす。話の内容は、その星の文明がいかにすばらしく、社会状態も理想的かといったもの。それを聞いた地球側の連中の反応。

「酔っぱらうと、大きなことをしゃべりまくりたくなるものだ」
「いやいや、酔った時こそ、本音《ほんね》が出るものだ」

かなり初期のメモであることは、まちがいない。作品にしようとすれば、なったはずである。ふくらませるには、最初のうち、宇宙人がほとんど口をきかなかったことにすればいい。言葉は通じるのだが、積極的な発言をしないのである。おとなしい性格、警戒心、原因はなんとでもつけられる。

地球人たちは、なんとか聞き出そうと、さまざまな方法をこころみる。そういえば、似たような話をすでに書いている。しかし、その時は、なぜか酒までは思いつかなかった。

そのあげく、最も原始的な方法、酒を飲ませることを思いつき、こころみる。その結果が洪水のような大言壮語。信じていいのかどうか、なぞは依然として残ったまま。

二十年前なら、雑誌社へ渡していたかもしれない。しかし、そのころは注文も少なかったし、宇宙人ものばかりではと、これはそのままになってしまったのだ。

私がよく引用することだが、アシモフはアイデアの発生に関して「異質なものを結びつけよ」と書いている。必ずしもそればかりとは限らないが、ひとつの原理であることはたしかといえる。

　宇宙人となると、ＳＦにおいてはおなじみもいいところ。また、酔っぱらいなるものを知らない人はいないだろう。そして、この二つを結びつけると、お話のきっかけとなるわけである。

「どうやったらショートショートが書けるのか」

　何回も質問されることだが、これがその回答である。その通りにやれば、だれでも書けるはずなのだ。しかし、作家になれるかどうかまでは保証しない。

いやしくも文章で生活するとなると、ある水準以上のものを書かなければならない。どうすればいいか。その原則も単純である。自分でこれはどうもという作品は、渡さないことである。このメモのやつも、私はためらいを感じ、途中で中止したひとつの例である。

　いま「単純」と書いたが「容易」と混同されては困る。原則は単純だが、実行となると七転八倒の連続である。

　いつものことだが、メモを見ていると、いじくりたくなる。酔っぱらい宇宙人は、すでにだれかが書いているだろう。その程度では、刺激も弱い。

　アル中にしてみるか。少しの話を聞き出すにも、大量のアルコールを必要とし……。

いや、酒乱にしてみるか、最初はにこやかだが、飲むにつれ、人が変ったようにあばれ、からみ、超能力を発揮し……。

そのあげく、二日酔い。もともとデリケートなので、前日の言動を反省し、頭が痛く、気が沈み、なにもしゃべりたくなく、そこで、また酒を……。

バリエーションができそうである。しかし、私がいじると、なにはさておき、相手の星の文明をまず知りたがる展開になってしまう。思考が固定化しかかっている。

そのあたりをなんとかしないと、宇宙人テーマの新作の意欲は出てこないだろう。

命令される前に、さきまわりしてやってしまうロボット。

＊

考えただけでやってくれるロボット。

その結果、ロボットたち、どれもこれも遊んでしまう。

この二枚は、クリップではさんであった。思いつきというやつは、作品にしない限り、何回も少し形を変えて出現してくる。

サトル、そのほか多くの呼称があるが、やっつけようと方法を考えるたびに、それを察知してしまう伝説上の怪物がある。

それからの連想かもしれないが、見方を変えれば、ロボットとテレパシーの組み合せである。言葉で命令されて動くのがロボットだが、さらに理想的な形といえば、あしてほしいと考えただけで動いてくれるタイプだろう。

しかし、そもそもロボットが作られる原因は、人間が働くのより遊ぶのを好むからである。

「早くこれを片づけて、そのあと……」

と考えたとたん、ロボットは遊ぶことをやってしまうことにならないだろうか。

まあ、作品にならないこともなさそうだが、結末への展開にむりがある。また、ロボットどうしを戦わせて遊ぶ話を書いてしまっている。

テレパシー・ロボットは悪くないアイデアだと思うが、どうしても、遊ぶという方向に展開してしまう。そこがなんとかなればいいのだろうが。


超能力者を自称する二人組の手品ショー。ひとりがステージの上で目かくしをし、もうひとりが客席におりて、お客の持ち物を借りる。その品の名を、ステージの上のやつが、すぐに当ててしまうのである。

ひとりの青年、超能力なんかあるものかと、その手品のたねを調べにかかる。そして、ついにつきとめる。客席をまわるやつは、左手の中指と薬指に大きな指輪をはめているのだ。一方、ステージの男の目かくし用の布。その耳のあたりの裏側に、なにかかくしてありそうだ。

楽屋へ忍び込むと、はたしてあった。目かくしの布のなかの受信器、指輪にもエレクトロニクスの応用らしき装置がしこんである。

「やっぱりだ……」

青年はいたずら心を起し、その二つに衝撃を与える。きょうは、やつらの大恥をかくところが見られるぞ。

しかし、ショーはなにごともなく、いつものように……。

その二人はもともと超能力の持ち主で、そうと知られたら迫害されかねないため、たねがありそうによそおっていたというわけ。

実際、すごい手品を見せられると、超能力としか思えない時もある。女を横にして箱に入れ、胴のあたりで二つに切り、二つの箱を引き離す。首や足は箱のそとへ出て動いているなんて、あれ、どうなっているのだろう。

そんなのをテレビで見ていて思いついたアイデアのはずだ。十年ぐらい前のことではなかろうか。

本物の超能力者の二人が、他人に気づかれないように、なんとか手品師らしく生きてゆく。芸を上達させようというのと逆な形である。それなりの苦心があるだろうし、そのへんの感情が伝わるように仕上げられたら、いい作品になるだろうと思う。しかし、あいにく、私はそういう作風ではないのだ。早くいえば不器用なのである。

となると、このストーリーではあまりに単純すぎる。結末だって、途中でさとられかねない。メモのまま今日にいたっているのも、そのためだ。

そして、毎度のことながら、あきらめてこう書いてくると、しだいに新しい展開を示しはじめるのだから、かなわない。人間の心理というものは、まったくいじわるにできている。この一見して単純なしろものがである。どんなぐあいにかというと……。

すなわち、さりげなくこの話を終らせたところからを、本題にするのである。正体を知られたことに気づいたエスパー二人、その実情を世の中に流されたら、手品師としての人気と評判が落ち、生活はおろか、変な目で見られ、場合によっては身に危険が及びかねない。

そこで、二人は全能力を発揮して、その青年をいじめにかかるのである。といって、よくある、なぐるけるのリンチではない。他人にしゃべろうとするのを、巧妙な手段で防止する。精神的にさんざんな目に会わせ、ついには発狂に追い込む……。

これだと、すさまじいものになりそうである。一方はただの人間。かたやエスパー。はじめから勝負はついているのだ。それが、このやろうとばかり、なさけ容赦もなく、手を抜かないでやっつける。

多数の普通人対少数のエスパーという争いはよくあるが、これはないようである。やられる側にとっては、最大の不運。やっつける側にとっては無上の快楽。どっちの視点からも書きやすい。

このエスパーたちの能力をどの程度にするか、二人の能力の差異と補いあいをどうするか、これでもかという波状攻撃をどう展開するか。そのあたりが小説づくりの楽しみみたいなものなのだが、ここまできてしまっては、もう具体的に手をつける気にならない。

もしかしたら私は、作家として才能にひとつ欠けたところがあり、そのためによけいな苦労をしているのかもしれない。

さっきもアイデアの原則について書いたが、これはエスパー・プラス・サディズムである。異質なものをくっつければいいというものの、それはかくのごとくむずかしい。

そのさまたげの最大のものは先入観である。私はエスパー善人説に、理由もなくとらわれていたのだ。

＊

私の著書『きまぐれ博物誌』のなかに「ＳＦの短編の書き方」という一文がおさめられている。メモのすすめという部分があり、例としていくつかあげている。友情と動物園。月賦《げっぷ》と殺し屋。ドラムと鬼。左ききのサル……。結びつけの練習である。このたぐいも多いのだが、解説のしようがなく、そういうのは公表しない。

このうち、月賦と殺し屋。簡単に結びつくわけがない。殺し屋への支払いを月賦でというのはだれでも考えるが、そんなの、あるわけがない。それをストーリーにしても、ちっとも面白くない。

メモをした時には、そんな気分だった。しかし、一回でも関連させられないかなと頭におさめておくと、やがてあとでものになることがあるのだ。

無担保、無保証の月賦で、どんどん商品を売ってゆく。そして、支払いにゆきづまった人が出ると、そいつにかけておいた生命保険で回収するため、ベテランの殺し屋をさしむける。これを、やられる側の立場から書いて作品にした。

　こんな形で月賦と殺し屋が結びつけられるとはねえ、といった感じだ。ＳＦではなく、題名も思い出せないが、わりとすらすら書け、気に入っている作品である。

　無意識のなかで、月賦と殺し屋を結びつけられないものかと試みつづけ、その結果というわけだろう。作品の成立について、最も理想的な経過である。このあたりが解明できたらとも思うが、それができたら、もうなにもかも終りである。もやもやした過程が残っているからこそ、小説なのだ。

＊

　少し話題を変える。このあいだ、正確には昭和五十三年二月二十四日だが、朝日新聞の科学欄を見て、思わず「ありゃ」と叫んだ。

　見出しは「これは奇特なサナダムシ」で、そのある種のやつは、宿主に作用する物質を出し、ふとらせるというのである。

　アメリカの大学に招かれた木村修一教授がネズミにおけるこの現象に気づき、研究所がその問題をとりあげ、成長促進の物質を分泌《ぶんぴつ》していることが判明。日本でもこの研究が開始され、やがてはサナダムシによって頭をよくしてもらうことも夢ではないかもしれないとある。ネズミの体内で育て、その物質を抽出して、人体に注射するわけであろう。

これには驚いた。このアイデアを作品にしたことがあるのだ。理屈で考えると、宿主に害を与える寄生虫ほどおろかなものはない。宿主が死んだら、自分もおしまいである。利口な寄生虫を作って、その卵を飲めばいいわけだ。私にしては珍しくグロテスク仕立て。

短編集『ごたごた気流』のなかの「品種改良」という作品である。

こういう事態は、ＳＦ作家にとって、まことに困ったことだ。これからの読者は、新鮮な驚きを感じてくれなくなる。

私にとってＳＦは、実現しそうで、決して実現しないものであるべきなのだ。今後、この条件を意識すると、ますます書きにくくなりそうだ。きびしい時代になってきた。

＊

そういえば、この少し前には、アメリカで電話にうそ発見機をとりつけるという記事が新聞にのっていた。相手の声を分析し、みわけるのだそうである。どの程度まで正確なのかは不明だが。

これも私が『声の網』のなかで書いている。その当時は、まさか近いうちにそんなものなどできっこないと思っていた。

内外のSF作家は、作品中の空想が現実のものとなると、喜ぶものなのだろうか。私の場合は、がっかりという感情で顔をしかめてしまうのだが。

＊

ついでだから、メモにまざっている新聞の切り抜きを、三つほど要約紹介する。

まず、インディアナ州での事件。サムナーという青年、婚約者に会うために車を走らせていた。その時、彼女のほうも彼を訪れようと車をとばしていて、センターラインを越え、正面衝突。二人は同時に即死、昇天。

シカゴでの事件。盗んだ小切手を銀行で現金化しようとした男。電話帳をめくって、たまたま目にとまった名を借用、裏面にサインをして窓口へ。しかし、その名の主は窓口係の女性の亭主だったため、怪しまれて、たちまち逮捕。

プラハでの事件。夫の浮気を知り、人生に絶望したベラ・ツェルマク夫人は、発作的にアパートの三階から飛び下りた。しかし、生命はとりとめた。そのかわり、彼女の下敷きになった男が死亡。その男は彼女の亭主。

世の中では、確率などでは割り切れないことが起っているのだ。なにかの力が作用している。

子供を誘拐した犯人、山小屋にたてこもる。その子の母親が近づいて呼びかける。

「あたしが身がわりに人質になるから、まず、その子をはなしてやって」

犯人は承知し、それが実現。しかし、これでは解決にならない。警官が呼びかける。

「女を人質とは卑怯《ひきょう》だ。わたしが身がわりに人質となる。どうだ」

武器を捨てて進み出る。犯人は承知。その警官は勇気ある人と賞賛される。うらやましくなった上司。

「部下は疲れたはずだ。わたしが……」

そのうち、署長、警視総監、大臣、ついには元首が……。

どうにも、たわいないものだ。ちょうど、なにか人質事件が発生したころのメモであろう。いや、それほどたわいなくはないかもしれないが……。

そういえば、はるか昔の横山隆一《りゅういち》さんの漫画に、似たようなのがあった。

オモチャの自動車を持った男。

「いいじゃないか、とりかえてくれよ」

少し大きいのを持った知人と交渉し、それととりかえてもらう。そんなことをくりかえし、ついには大型車を手に入れてしまうのである。

なくなった広瀬正さんは自動車の精巧な模型の製作で、一時期、収入を得ていたという。外国からも注文があったらしい。そういう上等のなら、古い小型車より高価だろう。

とにかく、面白い漫画だった。それを思い出したのか、アイデアはここで展開をやめたままになっている。車を人質に変えただけでは、書いていて楽しくない。なにか特色のある副次的なアイデアがくっついてくれればべつだが。それがあればなあ。

こういうエスカレーション・タイプの話は、書きやすいのだ。しかし、ラストがむずかしい。元首を人質にしたはいいが、あとは、さて、することもなしである。

辞職か亡命をしたがっていた元首とすれば、なんとかまとまるが、似たような結末のを書いてしまっている。

「なんだ、人質ばかりいい気分になりやがって。犯人はひとりで緊張のしつづけだ。おれが犯人の身がわりになって、その役をはたしてやる」

と言い出すやつを登場させるか。効果的なエピソードにはなるが、しめくくりには弱い。いっそ、正攻法といえるかどうかはわからないが、すべてが演出と……。

もう、このあたりでやめておく。あれこれいじっているうちに、とてつもないものに変形し、作品にすればよかったと、またまたくやしがることになりそうだ。ちょっと読んだ時には、たわいないメモと思ったのに。


趣味の革命。宝くじ制度。


こうなると、自分でもなにがなにやら、まるでわからない。革命が趣味あつかいされるようになった時代のことか。趣味そのものの革命的変化といったものか。たぶん、後者のことであろう。しかし、なんで宝くじと関係があるのか。

なにかを感じたことは、たしかなのだ。ごていねいにも、鉛筆で丸くかこんである。これは、このままにしておこう。さっき書いた月賦と殺し屋の関連のように、あとで思いがけない形に仕上がるかもしれない。

本当は、こういうなぞめいたメモのほうが重要なのである。同じメモ用紙に、少しはなれて、なつかしいマクルーハンの名と、それに関した感想のようなものが書いてある。そのころのことであるのはたしかだし、あるいは彼の説からの連想なのかもしれない。

いまの人は、マクルーハンなど知らないだろう。私だって、ほとんど忘れかけていた。しかし、昭和四十二年ごろ、マクルーハン旋風が日本中に吹き荒れたのである。それなのに、現在では大きな書店へ行っても、彼の著作は手に入らないようである。

さいわい、私は買っておいた。なかなかいいことを言っているのだ。徳間書店発行、大前正臣《まさおみ》著『百万人のマクルーハン』のなかから、少し引用する。

「専門家というものは、小さな誤りは決しておかさないが、すごい誤りにむかって進んでいくものである」

「すべてのメディアの内容はいつも、もうひとつのメディアである」

「大企業では、新しいアイデアをどしどし出せというが、それは出したとたんにつぶすためである」

逆説なのかどうかもわからない妙なところが特色なのだ。要はテレビ時代になって、思考や感覚の形式に大きな変化が起りつつあるぞとの主張なのである。
当時もそうだったが、いま読みかえしてみても、こっちまでおかしくなる。このメモも、そんな気分でつけたものだろう。

*

そういえば、心臓移植も一時かなり話題となったものだ。こんなメモがあった。

遺伝子に粒子をぶちあて、先天的無脳人間を作り、育て、臓器移植用に使う。

かなりブラックなムードのものである。心臓移植については、多くの議論がなされた。問題は提供者の死の判定で、それは脳の死によってきめるというのが結論となったようだ。
それならば、はじめから脳のない人間を作っておいたらというのが、この思いつきのもとだったようだ。
しかし、こういうのは私の体質に合わない。そういうものの牧場の描写を入念にやれば、悪夢のような世界ができる。人間とは、生命とはといった、問題の提起もできる。しかし、気が進まぬというのは、私が日本人的感覚を捨てきれないためかもしれない。

それに、臓器移植テーマでは、ほかのアイデアでいくつか書いてもいる。

Untouched by human hands

こんな英文のメモは珍しい。

直訳すれば「人間の手がまだ触れない」となり、ロバート・シェクリイの短編集の標題である。日本SF作家の第一世代、私はもちろんそれに含まれるわけだが、シェクリイやブラッドベリによって大きな影響を受けた。

まず元々社から出版され、あとで早川書房から改訳されて出版された。いまの人が読んで面白がるかどうかはなんともいえないが。

なんでその原題をメモしたかというと、アメリカのヒトコマ漫画で見かけたからである。生鮮食品の店の掲示にこの文字が書いてある。そして、犬がうろついているといった構図だったと思う。犬の足はべつとして、少なくとも「人間の手はまだ触れてない」というおかしさだ。

私はアメリカの庶民生活についてまったく無知だが、この文句は「入荷したて」か「新鮮保証」といった意味の使われ方をされているのではなかろうか。シェクリイもその慣用句を利用し、人間と人類の二つの意味を含ませて短編の題とし、書名にしたわけだろう。

本来なら、もっとこなれた題名に訳すべきだ。しかし、元々社の本がファンのあいだで有名になりすぎ、福島正実《まさみ》さんもいまさら変えるわけにはいかなかったのだろう。日本の作家だったら「人間の手がまだ触れない」なんて書名はつけまい。しからば、どう訳すべきか。「人跡未踏」とか「あなたがはじめて」などと、私はそばに書き込んでいる。しかし、どうも不満。「ようこそ地球さん」では私の第二短編集になってしまうし「未知との接触」では、いまとなるとまぎらわしい。なにも無理して考えなければならないものではないが。

私自身、短編集の題名には毎回さんざん苦労しているのだ。

*

今回は妙なメモばかり並べたてる。

貝殻をある厚さに薄切りにして、それを黒い板の上に並べて絵を作る。

これは小説とはまるで関係ない。たぶん、ハワイへ行った時に思いついたことのようだ。私はこれを特許として申請できないものかと考えた。

くわしい説明をする。貝殻といっても、ハマグリなどの二枚貝ではない。巻き貝である。それをカマボコかチーズのごとく、薄く切ってゆくのである。すると、予想もしなかった図柄があらわれてくると思う。私には立体幾何の感覚がなく、どの角度で切ればどんな形になるか見当もつかないが、さまざまな美しいものができるはずである。

それをいくつかまとめて、セットとして売る。子供たちは、それを黒い板か布の上に並べ、想像力ゆたかな絵を作りあげて遊ぶのではないだろうか。海岸からのおみやげとして、まさに最適である。

発明の思いつきというものは、いい方へとばかり無限に広がってゆく。私はこのアイデアによって、ひそかに何回も楽しんだ。大金がつぎつぎにころがりこみ、みなには喜ばれる。社長室をはじめ、社内の壁のすべてを、その貝殻の薄切りで飾りたて……。

しかし、もうけっこう楽しんだから、ここに公表してしまうのだ。実際にやるとなると、やっかいな問題が待ちかまえているにちがいない。

まず、特許庁へ行って、類似の出願がすでに出されているかどうか、こういうのが受理されるかどうかを調べなくてはならない。

先願がなく、みとめられたとしたら、つぎは薄切りの装置である。貝殻というものは、はたしてスパスパと切れるものか。その開発で、資金の大部分を使いはたしてしまう可能性もある。

現代の科学技術をもってすれば、できるものかもしれない。しかし、コストの問題もからんでくる。切る角度をどうするか、デザイン感覚のある人をやとわなければならない。

原料の貝は、南方のどの島のがいいかの検討も必要である。小説のなかでなら、どうにでも進行させられるが、現実となるとやっかいなことの続出だろう。とても自信がない。

アイデア料はいらないから、どこかの大企業がやってみてくれないものだろうか。中小企業だと、やりそこなった場合、私はよけいな責任感をしょいこまなければならない。これも何年か先には、実現するのではなかろうか。寄生虫の利用の前例もあることだし。

私としては、巻き貝殻の切断面による幻想的な模様を、この目で見るだけで満足なのである。

こういう発明のテーマを頭のなかにひとつ持っていると、小説を作る上でなにかと便利である。私は作家になってから、会社なるものと、まるで縁がない。出版社やマスコミ関係は一般的な産業とはいいがたい。

PR関係でメーカーを見学することはあっても、外部の目で見てしまう。社内の一員になるとどうなのかである。

景気のいい新興の企業の社員を主人公にする時、私はあまり具体的には書かないが、やはり会社らしい気分をただよわせなければならない。そして、この貝殻デザイン商品のたぐいを扱っているのだと思っていれば、社長も、部長も、出資者も、債権者も、単なるロボットとはちがう言動となってくれるだろう。

しかし、ここで書いてしまったことにより、私は夢の会社を手放してしまった。

いやいや、ご心配にはおよばない。発明メモはほかにもあるのだ。そうでなかったら、だれがその楽しみを捨てたりするものか。

こっちのほうが、もっと実現性が高い。じつに簡単な発想の転換なのに、どうしてだれも考えつかずにいるのだろう。私の知る限りでは、見たことがない。なくて困るというものではないが、作れば世界中に売れる品のはずである。

順調に発展したら、各国に現地法人を作るか。あまりぼろもうけを考えず、その国々の人にも喜ばれるようにしたい。そして、私は時おり出張するのである。

知りたいでしょうなあ。しかし、そこまでお人よしではない。私だって、永久に作家でいられるという保証はない。ブラッドベリじゃないが、書物禁止の時代だって来ないとは限らない。そうなったら、これで生活してゆくつもりである。

それに、こっちの会社まで手放したら、私の小説には、夜逃げ経営者、失業した青年、債権のこげついた不運な人ばかりが登場することになる。そうなってはねえ……。

＊

妙な話になったついでに、がらりと変った形のメモを紹介する。以前にだれかに話したこともあるが、小説にした人はいない。

タイムマシンのなかに、タイムマシンを入れる。そして、プラス・マイナス、同じ時間、目標にむかって作動させる。

ただならぬムードを残して、それは消えてしまう。理屈からいえば、内部のやつはそこに残るはずなのに。これからどうなるのだ。

「なにも起らないのか」

「ずっと起らないという保証はない」

「いや、すでに起っているのかもしれぬ」


タイムマシンが完成する。しかし、第一号であり、往復の性能は持っていない。人が乗り込むわけにはいかない。はたして戻ってこられるか、周囲になにか影響を与えるかどうかの実験なのである。

そのため、外側のを百年後の未来行きにセットし、内側のを百年前へとセットし、同時に作動させるのである。どうなるのだろう。内側のは現在へ残るのではなかろうか。

このメモには、もっとさまざまな書き込みがある。さらに内側に三台目をも、とある。しかし、それでは「親亀《おやがめ》の背中に子亀を乗せて」になってしまう。

たまにはハードなやつを書くかと、張り切ってみたのだ。外側のを過去行きにし、内側のを未来行きとか、外側のが目的の時間に着いた時に内側のが作動とかも考えた。いずれにせよ、内側のは残るはずだ。外側のは着いたら自動的に分解するようにしておくか。

心配げな会話は、時間に干渉することで、なにか変化が起るのではないかについてである。過去が変れば、現在がどの程度に変るのか。未来ならいいとはいうものの、一回でもタイムマシンを送ったら、その未来しか選択できなくなるのではないか。

しかし、悲しいことに、タイムマシン物となると、私は大の苦手なのである。論理をこねまわして怪しげな世界へ読者を連れこむこともたまにはやってみたいのだが、そういう才能はないらしい。

ある時期の広瀬正さんだったら、徹夜で話し相手になってくれたかもしれない。惜しい人に死なれてしまった。

これはとくにストーリーを作らず、論争につぐ論争で書いてみたかったのだが、まったくお手あげであった。それでも、これが私の唯一《ゆいいつ》のとりえなのだろうが、ラストの発言だけはなんとか作り上げてあるのだ。

「もしかしたら、客観的にみると、現在という時間はどこにもないんじゃないのか」

時代物など

どうやら今回は、中だるみという感じになりそうである。長期にわたる連載というものには、ありがちなことなのだ。のっけから、なんというひどい弁解。

これというのも、一昨日、あっさりと短編を書きあげてしまったからである。こういうことは、まことに珍しい。例によってひと苦労を覚悟していたのだが、眠る前にふと頭に浮かんだアイデアをメモしておいた。つぎの日、それを読みなおすと、ものになりそうだ。そして、なんとかまとまったのである。

ちょっと変ったシチュエーション。どう発展させようかと考えはじめてからさして時間もかからず、悪魔との取り引きと組み合わせたらとなり、うまく仕上がってしまった。もっとも、われながら上出来というわけではない。

悪魔との取り引きのテーマは好きで、これまでにもいくつか書いてきた。作家になりたてのころ、どうしようもなくなると、よく悪魔を引っぱり出したものだ。いろいろとお世話になっている。

私の世代は「ＳＦマガジン」の創刊号にショックを受けているが、そのなかにＲ・ブロックの「地獄行きの列車」というのがあった。悪魔からもらった時の流れを止める能力を、ついつい使いそびれ、死後、地獄へ行く列車のなかで使った男の話。荒筋は簡単だが、旅の楽しさが扱われ、いやに面白かった。いま読みかえすと、さほどには感じないかもしれないが。

書きあげたはいいが、またこの手法を使ってしまったなと、いくらかの反省は残る。ロボット、タイムマシン、テレパシー、貧乏神などの時にはぜんぜん思わないのに。なぜだかわからない。

それはとにかく、すんなりと作品が出来てしまったのだ。調子が狂う。となると、目をつりあげてメモと取り組み、なにかをつかもうという気力も弱くなる。まったく、世の中、ままならぬものというべきか。

＊

書棚のすみに、紙片を大型クリップではさんであるのを見つけた。なんだろうと目を通してみると、これも創作メモ。

ＳＦのは少なく、主として時代物のやつである。この分野はしばらく書くつもりがないので、惜しげもなく公表できるというものだ。

初《はつ》のお国入りの途中、若い殿さまが急死する。まさに一大事。老臣たちが相談。身代りを作ってごまかすことにする。

家臣のなかのひとりの青年武士が、それに選ばれる。父母に対しては、しゃべったら子供を殺すと、青年に対しては、それらしくふるまわなければ両親を殺すぞとおどす。

やむをえない事態。そのごの生活……。

初のお国入りとは、先代の隠居か死亡によって当主となった殿さまが、その領地へとおもむくことである。もっとも、参勤交代の制度で、ある期間をおいて江戸へ戻らねばならないが。

本来なら、急死したとしても、届け出ておいた相続人がその地位につけばすむわけだが、まさかということで手続きがおくれていた、または折あらば取りつぶしとマークされていた藩とすれば、こういう状況も成り立つかもしれない。

しかし、これをどう発展させたものか。特訓あたりまでは書けそうだが……。

急造の殿さまだが、もとはといえば藩の青年武士である。家族だけの口封じだけではすまないかもしれない。家臣たちにかくし切れなくなるだろう。

それを幕府に対し、いかに秘密を保持するかである。二重三重の監視態勢が必要となり、ちょっと手のこんだものにしなければならない。まず、領内の農民、商人にもれないように。

いっそのこと、これを現代に移したらどうだろう。ある秘密結社。その内部では周知のことなのだが、外部に対しては極秘にしておかなければならない問題がある。あれれ、なんということだ。すごいアイデアではないか。ご用ずみと思いこんでいた時代物のメモが、価値あるものだったとは。

その秘密は「王さまの耳はロバの耳」といった、きわめて単純で、ついしゃべりたくなるたぐいのものとする。

主人公が親しい友人と酒を飲んでいた時、なにげない形でかまをかけられ、うっかりしゃべってしまう。

そして、その友人がじつは秘密結社のパトロール部員。たちまち除名処分。その上、某所へ連行され、苦痛をともなう医学的な処置をほどこされ、記憶を抜き取られてほうり出される。

結末までできてしまった。途中で二つほど、ストーリーにくふうをこらせば、まあまあの短編になったはずだ。こんちくしょう。

隠密のリストを手に入れる。

＊

老中が隠密と組んで、大名たちから金をゆすりとる。

隠密とは大名たちの動静をさぐるための、将軍と老中に直属するスパイ組織。これを扱った時代物をいくつか書くつもりだったのだが、いくら調べても実体がよくわからない。現代常識をあてはめてみると、命令する側にとっては、これこそ買収されたりしない信用できる人物との保証がなければならない。

となると、隠密グループの実情をある程度は知っていなければならず、いささか飛躍した想像になるが、その人名のリストもあったのではなかろうか。それが外部にもれることはなかったのだろうか。

また、将軍はただのお飾りとしても、老中となると、権力の中枢《ちゅうすう》にのしあがってきた人物である。自己の地位を固めようとしたり、金をためるのに隠密を利用しようと考えそうなものである。

しかし、そんな記録もないし、私の知る限りではそういう時代物もない。書けば新鮮だったのかもしれないが、ありえない話と笑いものになったかもしれない。

似たようなテーマで「島からの三人」というのを書いたが、隠密は登場させなかった。

*

江戸時代にはどの大名も経済的に苦しく、借金だらけだった。これはそれをもとにした話。作品にしておけばよかったと、いまでも思っている。

ある藩、江戸や大坂の大商人から金を借りている。証文を取られているから、ごまかしようがない。利息がふえる一方。

そこで、証文とりかえし作戦をたてる。同じように苦しんでいる他の藩をもさそい、さまざまなこころみをやる。

火つけ強盗など。

しかし、商人のほうも、地下に不燃性の倉庫を作ったりし、防備が厳重。そこで、最後の手段ともいうべきものを実行する。

藩士の幼いむすこに言いふくめ、商人の修行をさせて育て、その店に奉公人として送りこむ。そいつはよく働き、徐々に信用をえて番頭になる。証文のかくし場所も知る。

ついに使命達成。それを手に、藩へと逃げ帰る。よくやった。しかし、秘密保持のためにと殺される。


ここまでストーリーが出来ていながらと、ふしぎでならない。大商店の内情について調べてからと思っているうちに、関心が明治時代へと移り、時代物の休筆宣言をしてしまったせいか。

舞台を現代に移してという方法もあるが、似たような話は書いてしまったし、さほど面白くなりそうにない。


金持ち商人のための岡っ引き。
＊
犯人をつきとめ、金をゆする岡っ引き。

町奉行所の与力は今でいえば司法官。犯人逮捕をやるのは同心である。岡っ引きは同心にやとわれて働く男。官職ではないから、行動は自由で、かなりいいかげんなことも出来た。銭形平次だって、つきとめた犯人に同情し、逃がしたりしているのだ。

江戸時代に私立探偵的な役をやる人はいなかったのかが、この思いつきとなった。商人たちにとって、お上《かみ》の手をわずらわせずに解決したい事件だってあったはずだ。また、悪事をあばくのを趣味とし、口どめ料をせしめるやつもいたっていい。その金をばらまけば、ある種の義賊である。

そんな岡っ引きを主人公にしたら、ユニークなシリーズができあがる。そこまでは考えたのだが……。

ストーリーを作るのも簡単である。アメリカのテレビ物の探偵シリーズを見ていればいい。それを適当に変形して江戸時代に移せばいいのだ。毎週、一編は書けるというものだ。そうと気づく人は、たぶんいないはずである。

ひとつのアイデアではあるが、その安易な精神がよくない。試みようという気にはなれなかった。一編ぐらいはやってもよかったかもしれないが。

もっとも、私だってあまり本が売れず、なにかで大金の必要に迫られたら、背に腹はかえられず、それをやっていたかもしれない。評判になる一方、いつ内情発覚かとびくびくしながら。

江戸時代には、お上から十手捕縄《とりなわ》をあずかる二足のわらじの、地方の親分がいたらしい。これを主人公に活躍させる話も、いくつか書いてみたかった。

なにしろ、子分が何人もいるのだ。いろいろと便利である。武術の達人を岡っ引きがとっつかまえるのは、不自然でならぬ。集団でなら、その無理もなくなる。だれも手をつけてなかった主人公のはずである。

しかし、二足のわらじの親分さんとなると、どんな生活をしていたのか、私はぜんぜん知らないのだ。なにをどこで調べたらいいのかもわからない。めんどくさくなって、やめてしまった。

＊

江戸の火消しは、いくつもの組から成っていた。「め組」はけんかで有名だが、そんなふうに、いろはで区別されていた。ただし「ひ」と「へ」と「ら」は使われていない。「火」と「屁《へ》」はわかるが、なぜ「ら」もタブーだったのだろう。

ある作品の結末で、まといを並べてある文句に仕上げてみたかったのだが、どうもいい設定が思い浮かばなかった。私は結果からストーリーを作る作風ではないのだ。

江戸時代についてのメモもまだあるが、そのうちまた書きたくなるかもしれないので、このへんでやめておく。ただし、再開の時は、もっと別な手法でやるつもりである。

*

戦国時代となると、もっと知識不足である。少し長めの『冥土《めいど》の決戦』というのはどうだろうと思ったこともあり、そのメモも出てきた。

信長《のぶなが》が殺され、あの世に行く。そこへまもなく、光秀《みつひで》がやってくる。さんざんな目に会わされるにちがいない。
やがて、秀吉《ひでよし》、石田三成《みつなり》、加藤清正、真田《さなだ》幸村《ゆきむら》、淀君《よどぎみ》、秀頼《ひでより》も来る。そこへ、問題の人物である家康《いえやす》が……。

そこで展開される大合戦は、すさまじいものになるのではなかろうか。バランスをとるため、家康をしばらくひそませておき、その部下を少しはふやしてやる必要があるかもしれないが。

しかし、私の作風ではないし、人物についての研究も不足。どうしたものか、まるで見当がつかない。

信長には孫がいて、三法師、のちに秀信《ひでのぶ》という名になる。信長の死後、秀吉は幼少の三法師をかつぎ、あとがまにすわることに成功した。

これはたいていの本に出ているが、そのごどうなったかについては、ほとんどの人が知らない。秀吉の子分にされてしまい、関ケ原の戦いで西軍に加わって敗れ、高野山で坊主《ぼうず》となって一生をおえたらしい。興味をひかれる人生だが、個性のない人だったのか、だれもとりあげていないようだ。

そういえば、木村重成《しげなり》の父親も、私にとってはなぞの人である。なにしろ、関白秀《ひで》次《つぐ》の側近だったのだ。秀次は秀頼が生れてから、秀吉にやっかい者あつかいされ、関係者全員、女性もふくめて処刑された。そのなかにまざっていたのだろうか。とすれば、重成の秀頼への忠誠はどういうことなのだ。

私は「城のなかの人」で、ひとつの推察をこころみたが、根拠のあるものではない。秀次を没落させるために、秀吉が送り込んだのかもしれない。だったらなかなかの秘策である。

ジンムはスイゼイの父なり、スイゼイ、アンネイを生み、アンネイ、イトクを生み……。

*

いまの人には筒井さんの「バブリング創世記」の面白くもないまねと思われるだろうが、これは歴代の天皇の名である。私の世代の者は、最初の部分ならたいてい知っている。

べつに強制的におぼえさせられたわけではない。記憶力のよさを他人に誇示しようとして暗記したのである。さらにすごいやつは、旧東海道線の駅名を、東京から下関まで暗記したのもいたようだ。

私は昔から、この第二代のスイゼイ天皇のことが気になってならなかった。おやじは日本の建国というどえらいことをやってのけたのだ。二代目としての苦労もあったにちがいない。

戦後になって、創作された神話らしいとわかってきたが、作家の選定をあやまったようだ。二代目をくわしく書いてくれれば、もっと迫真性が出たのに。

いつだったか関西で私鉄に乗った時、どこかの駅でスイゼイ天皇の陵が近くにあるとの案内板を見て、びっくりした。本物かどうかは知らないが、機会があったら参拝したいと思っている。

そんなこともあって「二代目シリーズ」なる企画のメモもある。アル・カポネのむすこが雑貨屋をやっていて死去したという新聞記事を読んだこともあった。ムッソリーニのむすこは演奏家をしているらしい。

百科事典で調べてみると、お釈迦《しゃか》さまにはラーフラというむすこがいる。あとつぎができたので、出家できたのである。しかし、どんな人だったかまでは書いてない。

孔子の家系はつづいているから、その二代目はいたはずである。アレキサンダー大王、レオナルド・ダ・ビンチ、それらのむすこも百科事典にはのっていない。

アメリカの二代目の大統領の名は、日本人はほとんど知らないだろう。ローマ法王の二代目も。リンドバーグの次に大西洋を飛んだ人はだれなのだ。

ウエルズの次にタイムマシンを、チャペックの次にロボットを書いたSF作家はだれなのだ。

調べればわかるのだろうが、なにも私がやることもと、これも思いついたまま。どこかの週刊誌で連載し、本にしてくれないものか。出たら買って読む。

メモのなかから東京新聞の切り抜きが出てきた。東大分院神経科医長の平井富雄氏のエッセーである。要約すると。

＊

重い神経症で入院していた若い女性の患者が、ある日、主治医にこう言った。

「先生には大変な病気がある」

だれも信用しないし、その主治医にはなんの自覚症状もない。しかし、患者は主張。

「早く診断を受けなさい。医者のくせに、自分の病気をほっておくなんて、そんないいかげんな先生の言うことなど、これからいっさい聞かないから」

患者にそっぽをむかれては困る。やむをえず「それなら」と検査を受けてみると、若年性の糖尿病が発見され、医者は青くなり、周囲もびっくり。

そして、早期発見により主治医も回復、女性患者のほうも、やがて退院。

このままショートショートのアンソロジーに入れてもおかしくない話だ。さらに

「この鋭敏さと感受性は健康と思われる心のなかでは眠っていて、決して働かない」とも書き加えている。なんだか、健康とは鈍感なりという気分にさせられる。

タイムマシンに連動。
戦争防止装置。
少し時間をさかのぼって、トランキライザー的なガスをまく。

この戦争というのは、核ミサイルによる突発攻撃である。タイムマシンがあれば、そのとたんに自動的に作動し、発射したその国の少し前の時点にむけて、ガスをばらまく。未然に防止できるはずである。国の指導者は健康で鈍感なほうがいいのだ。

こういう作品は、たぶん書かれていないだろう。しかし、タイムマシンとなると、すぐパラドックス問題にぶち当る。トランキライザー・ガスを感知し、すぐ作動するタイムマシンがと、たちまち思いつく。こうなったら泥沼。戦争防止テーマそっちのけで、パラドックスの処理に頭を悩ませることになる。

タイムマシンというしろものは、現在とそうはなれていない時間内では使わないほうがいいようだ。現実にも、小説においても。

いつも考えることなのだが、ＳＦには万能に近い大コンピューターがよく出てくる。しかし、タイムパラドックスの整理をやらせるという話は、あるのかもしれないが、読んだことがない。

当然そうすべきだし、それ以外に方法はないのではなかろうか。はるか過去に旅行した場合、その人のからだには装置がとりつけられている。それは中央コントロール・コンピューターと無電で連絡がとれていて「それに近よってはならない」とか「その花はつんでもよろしい」とか指令が来る。無視して行動しようとすると、電撃ショックを受ける。それが時間旅行者のあるべき姿のはずだ。

しかし、時間を越えて無電が使えるものだろうか。テレパシー的なものでなくてはならないのかもしれない。霊感で未来を予知する人も少しはいるらしい。となるとだ、現在の私たちの行動はすべて、未来の大コンピューターの送信しているテレパシーによってあやつられているのかもしれない。

そうとしたら、はなはだ面白くないことである。

子供が誘拐される。
父親は老齢で、しかも病気。そこへ非情なる要求が来る。巨額な身代金《みのしろきん》を払え

と。

しかし、愛する子供の生命にはかえられない。その支払いがなされ、子供はぶじに帰ってくる。

じつは、相続税の脱税の芝居。


どうも平凡である。十数年前ならまだしも、いまはすでにだれかが書いているような気がしてならない。記憶にはないが、アメリカのテレビ映画にありそうな話である。いくつか趣向をつけ加えれば中編ぐらいになるだろうが、私むきの作風ではない。

また、この狂言芝居をやるには、警察をそばにして実行しなければならない。

「子供がさらわれ、大金を払って取り戻しました。被害証明を下さい」

こう申し出て、はいそうですかと、すんなり通るわけがない。ベテラン刑事の電話の傍受をごまかし、計画を進行させなければならない。また、身代金の受け渡しにも新手法を使わなければならない。運び役など、まっ先にマークされる。

このところイタリーでは、この種の犯罪が続発し「誘拐産業」と呼ばれているらしい。その大部分は、金の支払いによってぶじに帰されているらしい。

そのなかには、脱税めあての演出のもまざっているのではなかろうか。払った金はあきらかに損害だし、どこかにかくした金は無税。少し頭の働くやつなら、考えつくだろう。

問題が相続税の脱税なら、べつな方法もありそうだ。ルーレットの利用はどうだろう。仲間をひとりやとい、当人は赤に賭《か》けつづけ、もうひとりは黒に賭けつづけるのだ。

予期に反して勝つこともあろうが、負ければそれが相手に渡るのだ。公然たる損失、かくし金が作れることになる。カジノのない日本ではむりだが。

もっとも、ルーレットでは、ゼロに落ちて両方とも負けということもある。私は見ただけでやったことはないが「大小」というギャンブルもある。三つのサイコロを使い、九以上か、八以下のどちらかに賭けるのである。くわしいルールは知らないが、これだったらうまくゆくかもしれない。

しかし、うまくいったと思ったとたん、そいつに金を持ち逃げされたりして……。

身代金の要求は、たいてい金の受け取りから足がつく。完全な方法はこれしかない。人工的なブラックホールを相手の前に出現させて「さあ、ここに金を入れろ」である。

＊

なにしろメモだから、話があっちこっちに飛びまわる。

もしアメリカ大陸がなかったら、世界史はどうなっていたか。

そういえば、かなり以前、船で西へ西へと航海していたら、世界のはてがあり、海水が滝となって流れ落ちていたという外国の短編を読んだ。そんなのからの連想だろう。

アメリカがなかったら、タバコ、梅毒、ジャガイモ、コカインは人類と無縁だったわけだ。コロンブスの出航は日本の戦国時代のころだが、たぶんたどりつけなかったにちがいない。

しかし、歴史の変化となると、私には手のつけようがない。日米戦争のなかったことはたしかだろうが。

また、アメリカ大陸がもっと西へ寄っていたらどうだったろう。日本人がぞくぞくと渡っていっただろうが、どんな国を作り上げたか。

少しは思考実験をしたほうがいいかな。飛躍的な発明で宇宙旅行が容易になり、各国それぞれが植民惑星を持てるような未来にならないとも限らない。日本星なんて、どんなぐあいになるのだろう。大都市と過疎地《かそち》と観光地とゴルフ場だけになるのではなかろうか。

こういうことになると、私の頭はまるで働かない。

まだやってみないが、白紙に世界地図をうつし、海と陸を逆にぬりわけたら、異様な感じのものができそうだ。深海を高山にし、高山を深海にする。簡単なようだが、やっかいなのは川をどう流すかである。

＊

「地球には水が多すぎる」

これは『灼熱《しゃくねつ》の氷惑星』の著者、高橋実氏の抱いた疑問である。そういえば、そんな気もする。氏はここから出発し、地球の水は長楕円《だえん》軌道の水の多い未知の惑星の接近によってもたらされたとの仮説を作りあげた。

まことに壮大な話で、金星が太古に地球をかすめたというベリコフスキーの『衝突する宇宙』以来の面白さだった。工学部出身の学者であり、説得力もあり、とにかく大胆で、日本人ばなれしたスケールである。

しかし、私は一カ所ひっかかった。大接近して地球に大量の水をもたらしたのなら、同時に月にも影響を及ぼしたはずである。月に水が残存しているか、大洪水のあとがなくてはならないが、それには触れていない。

内部にしみこんだのだろうか。月に地下水が発見されたら、私もこの仮説の支持者になるだろう。

しかし、そうなると地球は宇宙でごく少ないタイプの惑星ということになる。生命は海からの説が正しいとすれば、宇宙人など考えられないことになる。ＳＦ作家としては、いささか困ったことにもなりかねない。

＊

前回にも書いたが、前日またもＳＦ的なことがニュースになった。そのため、以前に書いておいた次のメモが作品化しにくくなった。

クローン人間。

自己そっくりの予備の肉体を用意しておく。一方、植物に人生体験を記憶させておいて、いざという時にそれを移し、生き返る。

アメリカの大金持ちが、女性の卵子のなかに自己の遺伝子を入れ、自分そっくりの複製ともいうべき幼児を作り、それが一年と何カ月かに成長したというのである。どうもフィクションくさいが、原理的には可能だし、判定のつけられないままとなるのではなかろうか。出版社としても、そのほうが好つごうなのだ。アダムスキーの『円盤同乗記』がいい例である。

新聞や週刊誌の五カ所ぐらいから、つぎつぎと電話がかかってきた。

「ヒットラーが何人も作れるわけですね」

なぜ、毎回そこに短絡するのだろう。アインシュタインの名を知らないのか。

「ひとりだからこそヒットラーなので、何千人もいたら独裁者とはいえないでしょう」

われながら名回答。一匹狼《おおかみ》の大群じゃないが、ヒットラーばかりの一大隊となると、恐怖の未来でなく、お笑いである。だれが指揮をとるのだ。

そういえば、アイラ・レビンの『ブラジルから来た少年』もこのテーマだが、そこが説明不足だった。最終的にひとりにしぼり、あとは抹殺する計画だったのか。

「じゃあ、ロックフェラーを何人も……」

なぜ、マリリン・モンローの名をあげないのだ。

「相続人がたくさんになったら、財閥はたちまち分解してしまうんじゃありませんか」

ＳＦを知らぬ人との会話は、どこかがずれてくる。私はさっきのメモの植物の部分を省略し、自己の予備を作っておけば、不死となることを説明した。意識が体験の蓄積から成立しているものとすれば、それを若い複製人間に移せば死なないことになるわけである。

超能力的な性質を持つ植物を育成し、それを媒体にするのがＳＦとしての新機軸のつもりだった。話の展開につごうのいい植物を作ってしまうのだ。

しかし、そんなことを電話アンケートで話したら、混乱するばかり、高度のエレクトロニクスの応用でと言っておいた。

それでも、むずかしいかもしれない。つぎの電話の時には、単純化してこう話した。

「十年おきぐらいに、自分の複製を作って飼っておく。臓器移植に使えるでしょう。体質が同じだから、拒絶反応が起らない。心臓だろうが、胃だろうが、すぐ若いのに取りかえられます」

「そうですね、それはいい」

最近の若い記者は、物わかりがいい。こっちも、つい調子に乗ってつけ加えた。

「食ったら消化にいいでしょうな。なにしろ自分の肉ですから」

いったい、クローン人間は作らせた人の所有物とみるべきか。眠らせつづけて育て、つまり意識がなければ、物品あつかいしていいのか。問題点は、むしろこのあたりにあるはずである。

記事になったのを見ると、バランスを取るためか、反対論ものっていた。

「こういうことは、神をおそれぬおこないです」

どの宗教の神が、どのように禁止しているのかまでは説明していない。神は野球や麻雀《マージャン》をお許しになっているのか。

いまだに進化論をみとめない一派も存在するらしいし、輸血という医療行為をはじめて聞いた昔の人は、腰を抜かしたにちがいない。エジソンの白熱電球の発明のニュースを一笑に付したのも、飛行機なんかできっこないと断言したのも学者である。

昭和三十年ごろ、宇宙旅行などきちがいざただと扱った週刊誌のことを、私はいまだにおぼえている。

それでも、このごろのマスコミは、新しいことに、ずいぶんと好意的になった。石油は大気汚染のもとだとさわいでおいて、原子力発電反対、火力発電をふやせとは書けないものな。

このクローン人間さわぎで、ＳＦの材料がひとつへってしまった。

人間の分裂生殖。
自分が無限にふえてゆく。

この二つのメモも、ご用ずみの封筒に移さなければならない。ＳＦ仕立てにすると、クローン人間の原理に触れなければならない。書いていかんというわけではないが、週刊誌をにぎわしてしまうと、手あかがついてしまったようで、どうも気が乗らない。

正義と公平という、こわいものが世を支配。
すべてコンピューターの指示の未来。
文句の持ってゆきどころなし。

コンピューターの支配の社会の話は『声の網』をはじめ、短編でもいくつか書いた。今後はよほどのアイデアでも出ない限り、書くことはないだろう。
現実に、だんだんそんな世の中になってゆきつつあるようだ。しかし、なるべくなら徐々にやってもらいたい。これに関しては、私は保守的である。「正義と公平のために」とのスローガンをかかげて強行されたら、だれも反対のしようがない。

その気になってコンピューターの性能を高め、利用すれば、正義と公平はかなりの程度まで実現すると思う。しかし、それは息ぐるしさをともなったもので、多くの人は適応にかなりの時間を必要とするだろう。

犯罪も大はばにへるにちがいないが、それに関するスリルもサスペンスも消えてしまうのだ。そうなったら、どんな小説を書けばいいのか。

記憶など

若い、なかなかの美人。

見たとたん青年の心は燃えあがり、彼女に話しかける。話しかけずにはいられないような美人なのだ。さそったところで、相手にされないだろうが。

しかし、意外なことに、女はあとについてくる。なんと、彼の部屋のなかまで。あれこれ会話がかわされる。そして、わかる。

その女は、記憶喪失の状態にあるのだ。家族がどうなのか、過去がどうなのか、まるで答えが得られない。

警察へ届けるのも、病院へ連れて行くのも、気が進まない。手放したくないのだ。それほど、すばらしいムードの持ち主。

青年は、彼女にふさわしい過去を考え出し、それを教える。女もすなおに、おぼえてゆく。ますます、二人は離れがたいものになってゆく。

女はしあわせといっていい。しかし、青年の内心は落ち着いたものではない。なにがきっかけで、すべての記憶がよみがえるかわからないのだ。それと同時に、なぜ記憶を失ったのかも判明するだろう。

　そして、それは現状にくらべ、好ましいものであるわけがない。


　こういった短編を、甘ったるく、夢のように仕上げてみたいと、時たま思う。私らしくないと思われるだろうが、正直なところ、作家としての原始的な感情は、こんなところにあるのではなかろうか。

　いつこわれるかわからない幻を抱き、こわごわと一日ずつを過してゆく青年なんてのは、読者だって読んでいる間は、共感をおぼえてくれるのではないだろうか。読み終ったとたん「なんだ、安っぽい。メロドラマの切れっぱしだ」とつぶやくかもしれないが。

　仕上げ方はべつとして、こういった筋立ての話はすでにあるだろう。これをSFにしたらどうなるか。

　必要は発明の母。なんとか青年へ力を貸してやりたくなる。記憶についての現状固定剤とか、再生防止剤を開発し、女に飲ませれば万事解決。めでたし、めでたし。二人はいつまでもしあわせに……。

そううまく終るかどうか。内心の不安が消えたとたん、青年の生活は一変する。夜おそくまでいい気になって酒を飲み、浮気をし、ギャンブルに手を出し、あげくのはて会社の金を使い込み、と、なりかねない。SFには夢やムードをぶちこわす作用もあるのだ。

もうひとつ、メモの物語のバリエーションをやってみるか。

女の記憶はよみがえらないが、時たま放心状態になって、なにかをつぶやく。聞きとってみると、高級車、宝石、フランス料理、ワインなどの名前なのだ。一段上の生活を暗示するものばかり。また、それらを口にする時の言葉づかいも上品だ。

よほどの上流家庭の娘らしいと、青年は想像する。ここで実質的な結婚生活という形を作りあげておけば、彼女の記憶が戻った時にも、なにがしかの利益を得られるのではなかろうか。そんな期待も高まる。

知人にたのんで、催眠術をかけて過去への質問をしてもらう。女は「あたし、お嬢さまなの」と答え、家がいかに金持ちかを話す。こうなると、青年は記憶を戻すことに熱中しはじめ、あらゆる手当てを試みる。

そして、やっと成功。女は過去のすべてを思い出す。自宅へも連絡。しかし、家は金持ちでもなんでもない。女は虚言症、つまり、大げさなうそをつきたがる性格であった……。

ますます救いがなくなってきた。なんとかしよう。記憶が戻ったのだから、なぜ記憶を失ったのかも思い出せたわけだ。すきをみて、ふたたびそれと同様のことをおこない、女の記憶を失わせる。

以前と同じ状態になったとはいえ、知ってしまった真相は消えない。二人のあいだの楽しい生活はよみがえらない。みかねた知人が、こんどは青年の油断をみすまし、彼の記憶をも失わせてしまう。いささか苦しいが、ハッピー・エンドだ。

いじればいじるほど、収拾がつかなくなってくる。その泥沼ぶりをテーマに出発していれば、印象はちがうがそれなりに作品になったにちがいない。

しかし、ラブ・ストーリーに未練を残しながら、妙な思考経路をたどってここまできては、簡単に頭の切り替えができない。メモのまま今日にいたったのも、そのためだろう。

＊

現実にはきわめて珍しい症状のようだが、記憶喪失なるものは存在しているらしい。

ということは、将来において研究が進めば、他人の記憶を思いのままに消せる時代がこないとも限らない。

催眠術の分野も、同じように、大はばに進歩するのではないだろうか。


ある会社の社長。生まれつき素質があったのか、仕事のあいまに催眠術の研究をやり、かなりの腕前となる。これを経営に応用できないものか。

社員のひとりを呼び、術をかける。

「おまえはコンピューターだ」

「はい、わたしはコンピューターです」

そして、いかなる計算もやってのけるのだ。人間の脳細胞は百億以上もある。考えられないことではない。社長は満足。

「こりゃあ、安あがりでいい。コンピューターなんか、いらないな」

社員をつぎつぎと術にかける。書類整理機にしたり、分類機にしたり、夜間の守衛は猛犬にしたりで、大いに能率をあげる。仕事が終れば術をとく。

「あなたは、すがすがしい気分で目がさめます」

なにもかも、うまくゆく。高収益をあげ社員へは高い給料を支払う。順調に発展。

　社長は、まだいい方法があるはずだと、社員のひとりを呼びよせ、催眠術をかける。

「おまえは、この企業そのものだ」

「はい。わたしは企業そのものです」

「どうすれば、もっと合理的に運営ができるか、企業そのものなら、わかるだろう」

「はい。いろいろございます」

「それでは、その是正をやってもらいたい。人事をまかせる。適材適所で腕をふるってくれ。企業命令だから、みな従う」

「はい。では、まず、あなたに部屋の壁のぬりかえをやっていただきましょう」


　企業の一員は部品のごとし、社長でさえも例外ではない。そんな感じをただよわせるようにし、すんなりと書いていれば、傑作ではないが作品にはなっていただろう。

　しかし、このアイデアを思いつくと同時に、妙な取り組み方をしてしまい、こじらせてしまったのである。こんなストーリーにしようと思った。

バーでいやに景気よく飲んでいる男がいる。あとで聞いて、そのつとめ先を知る。似たような見聞を何回かし、世の中には景気のいい企業もあるものだと思う。

その実情はどうなのだと、好奇心を持ち、出かけてみる。しかし、机と電話があるだけで、最新式の事務器など、まったくない。いったい、どうなっているのだ……。

さらに深入りし、その秘密を知る。人間性無視の、なんとひどいことを。問題にするぞとおどし、金にしようかと考えたとたん、とっつかまり、術をかけられて半永久的に部品にされてしまう。

どっちの書き方がいいのか迷い、ものにならずに終ってしまった。メモには、さまざまな書き込みがある。

そのなかで面白いと思えるのは、社員に催眠術をかけ、長期天候予知装置にしてしまうアイデアである。正確に作動してくれれば、農作物の価格の変動など、百発百中だろう。

＊

そういえば梶山季之《かじやまとしゆき》さんの『赤いダイヤ』には、アズキの収穫をぴたりと予想する人物が登場している。また、大正時代の米騒動で有名になった鈴木商店には、米の出来高を当てる才能を持つ社員がいたという。現実にいるからには、なんらかの方法を使えば……。

それにしても、催眠術の利用は、いささか安易である。

「おまえはテレパシーができる」

「おまえは埋蔵金発見の能力を持つ」

「おまえはタイムマシンだ」

「おまえは透明人間だ」

「おまえは宇宙人だ」

なんでも可能になってしまう。いいかげんにしろと言われかねない。

伸縮自在の家。

必要に応じて大きくなる。子供が生まれ、人数がふえるにつれ、また成長するにつれ、それだけ大きくなる。

子供たちが独立し、人数がへると、家は小さくなってゆく。やがて棺桶《かんおけ》になる。

なんでこんなことを思いついたのだろう。建築関係のＰＲ誌から、未来の家とかいうテーマでたのまれたためか。しかし、この結末ではと、そのままになってしまったらしい。

わけもわからず、なれなれしく近づいてきたやつ。名前も知らないし、以前にどこかで会ったことがあるかどうかも思い出せない。そいつは、なにもかも心得ているような態度で口をきく。そのうち、こっちも昔からつきあっていたような気分になる。なんとなく楽しくなってくる。

こういうぐあいにはじまる話は、私はわりと好きなのである。うまく発展させれば、作品になりそうだ。もう少し検討してみてもいいのだが、いままでものにならなかったのだ。

そばにセロテープで、べつなメモがとめてある。こんな書き込みのやつ。

〈伝染性の狂気。つきあっているうちに、いつのまにか似たような人になってゆく〉

たまたま目に入ったメモをくっつけ、それで仕上げようとしたらしい。それがよくなかったのかな。これまで私は、そういうことをしたことがない。そのため、勝手がちがって、筆がうまく進まなかったのだろう。

つきあっているうちに、なれなれしさのこつを身につけ、他人に試みようという気になる。やってみると、意外に楽しい。これが狂気の一種とは、だれも気づかない。

しかし、理性は薄れ、非生産的な人間が、徐々にふえてゆく。

そんな結末にするつもりだったようだが、どうも少しものたりない。

＊

メモを何枚かめくりつづけると、この、なれなれしい人間テーマにくっつきそうなストーリーを書いたのが出てきた。むしろ、こっちと組み合わせたほうがよかったようだ。


あの、妙になれなれしいやつ。これ以上の交際はしないほうがいいようだ。あいうやつは、好きになれぬ。こっちまで、おかしくなりかねない。

しかし、自分の力だけでは、追い返せそうにない。会って話すと、相手のペースに引きこまれる。そのために、ガードマンをやとう。それぐらいの出費にはかえられないことのようだ。

そのガードマン。はじめのうちは、よくやってくれる。だが、そのうち、いやになれなれしくなってくる。くびにする。

しかし、金を払わなくなったのに、ガードマンはにこにこと出勤してくるのだ。あいつも追い払わなければ。

警察にたのみ、警官を派遣してもらう。しかし、その警官も、しだいになれなれしくなってくる。

女性をやとってみるが、それもまた……。

なれなれしさは、防ぎようもなく、じわじわと迫ってくる。

うらみつらみといった原因のはっきりしたものより、わけのわからないなれなれしさのほうが、ずっとぶきみのようである。

こんなふうに仕上げたら、自分でも気に入る作品になったかもしれない。似たような話は、読んだことがない。もしかしたら、またも、もったいないことをしたのかもしれない。

＊

そのメモのはじのほうに、鉛筆の線で囲って、こんな書き込みもある。

消音生物。

これまた、なんでこんなのが。まあ、そこが人間の脳のふしぎなところなのだろう。さっぱり関連がない。

植物は日光をエネルギーとして生育している。また、林があるといくらか音を防いでくれる。そんなことからの発想だろうか。

動きまわり、飛びまわりして、うるさい音を消してくれる。音はその生物の栄養にもなり、人間にも好結果。そんなのが出現したら、まさに夢である。

しかし、それがふえすぎ、人間どうしの会話ができなくなったり、その形状がどうも神経にさわる。いいことずくめにはならないという展開にでもなるのだろうな。

そういえば、F・ブラウンに地球上の電波を片っぱしから食ってしまう、目に見えぬ宇宙生物「電獣ヴェヴァリ」という中編があった。無意識のうちに、それから連想したのかもしれない。

消音生物はどんな形にしたものだろう。そのイメージがわかなくて、アイデアだけで中絶してしまったようである。

ついでだから、もっと連想を並べるか。消火生物、消ゴミ生物、消事故生物。こうなってくると、都市問題は解決である。

今回は、安易な手法の秘伝公開みたいだ。

ひょっとしたら死なないのではないかとの不安。

死への不安というやつは、だれでも持っている。当り前だ。それを裏がえしにしたらどうかというところからの思いつき。

開発した新薬、神秘的な手段、あるいはめぐりあった宇宙人。そういうたぐいによって、不死の能力を身につけたはずの男。

あくまで、はずなのである。完全に不死かどうかは、ためしてみないとわからない。よほど例外的な神経の持ち主でない限り、致死量の毒薬をぐいと飲んでみる気にはなれるものでない。

猛スピードの車にはねられたが助かったとする。不死身のせいなのか、運がよかったのか、その区別はどうつければいいのだろう。なるほど、これなら確実というなっとくは、なかなか得られないのではなかろうか。不安はずっとつづくのである。すなおに不死を喜べばいいのに、疑いつづける。普通の人間がうらやましくなったりするのではなかろうか。

そして、完全な不死ということはなく、たいてい、ただひとつの場合を除いてという条件づきで、いつのまにかそれをやってしまうことになるのだ。

じっくり取り組んだら、私としては変ったタイプの作品になったかもしれない。しかし、メモの山にまざっていると、目うつりがしてしまうのだ。いろいろあり過ぎるのは、及ばざるがごとし。

＊

まざっていた新聞の外信欄の切り抜き。ＲＰの伝えるところによる。

カリフォルニア州のある町の銃砲店。ひとりの青年が入ってきて、三八口径の弾丸を買った。さらに、拳銃《けんじゅう》を見せてくれと言う。

店員が新品のやつを渡すと、買ったばかりの弾丸をこめ、銃口を自分の頭に当てて引金をひいた。

自殺である。警察は「どこのだれやら、どういう動機か、まるでわからない」その青年、不死身になった夢を見て、ためしたくなったのかもしれない。

もうひとつ。不死身のような話の外電を紹介。

ベニスの近郊。スピレリという青年がサイクリング中、踏切りで列車にはねられた。気がつくと、花で飾られた霊柩車《れいきゅうしゃ》のなか。

「おれは死んでいないぞ」

と叫び、ドアをたたくと男の声。

「うるさい。静かにしてねえと、このまま埋めるぞ」

驚きと恐怖で、気を失う。

病院のベッドで意識をとりもどし、事情を知る。事故のしらせでかけつけた警官が、通りがかった車をとめ、病院へと送らせた。それがたまたま霊柩車だったというわけ。

世の中では、いろいろなことが起っている。何十億と人間がいるからとはいうものの。

もうひとつ、ＲＰの伝える不運な人の話。

イギリスのいなか町。そこへ家族づれで遊びにきたテイラーという男。思い出の丘の小道へ出かける。

「ちょうど、ここなんだよ。何年か前に、パパがころんで脚を折ったのは」

と、そこへ立ったとたん、すべってころがる。妻と三人の娘は大笑いして面白がる。しかし、本当の骨折で、三週間の入院。

＊

悪運というべきか、のろわれた土地というべきか。

どうも運のよくない男がいる。なにをやっても失敗ばかり。成功とか順調というものは、注意ぶかく彼を避けて通るといった感じ。

しかし、友人たちは、折にふれてはげましつづける。生活できなくなったら金を集めて進呈し、たまった借金のたなあげに手を貸しもする。そこには、友情以上のものがある。

ふしぎに思った人が質問する。

「なんで、あのかたに、ああまで応援するのです。度がすぎるようですが」

「そんなことはありません。施設に収容されるのも困るし、身投げでもされたら、それこそ一大事ですからね」

「それにしても……」

「つまりですね、不運というやっかいなしろものが、あいつにとりついているのです。あいつが死んだり、あいつにあいそをつかしたりしたら、つぎはだれにとりつくかわからない。それを防ぐには、少しでも長く、あいつのところにとどまっていてもらいたいわけですよ。いくらかの金ですむことならね」


悪運というものは、つきまとうという形容がぴったりである。なにかがあるのはたしかなようだ。

このメモの話も、とりつきかたの説明に、もうひとくふう欲しいところである。また、不運の男に事情を気づかせたほうがいいかどうか。

ある男。夜道を歩いていて、とつぜん発作を起し、死んでしまう。

「やれやれ、こんなところで死ぬとはな。もっと生きていて、やってみたいこともたくさんあったが、こうなってしまっては、あきらめざるをえない。なにごとも運命だ。昇天するとしよう」

その時、声をかけられる。

「ちょっと、待った」

「あ、あなたも死者ですね。なにかご用ですか」

「そうだ。そう簡単に昇天はできないことになっている」

「死んだら自由でしょうに」

「ほかの場所ならいざしらず、ここでは、そうはいかない。なにしろ、幽霊の出現する名所になっているのだ。だれか次の死者が出るまで、ここにとどまって、その役目をはたしてもらうことになっている。いままでは、おれがやってきた。あとは、きみ、よろしくたのむよ」

「やれやれ」

昇天しようにも、できない。幽霊の役をあいつとめることになる。最初のうちは面白くないこともないが、いつまでとのあてもないくりかえしとなると……。

のろわれた場所というのはよくある話だが、それは生きている人間にとってのこと。それをもう一歩すすめて、死者にとってののろわれた場所というのが、このメモの話のみそである。たぶん、前例のないアイデアだろうと思う。

悪くないが、もっとなんとかなりそうだと思いつつ、今日に及んでしまった。幽霊がよく出るので、昔からのいいつたえを調べ、なんとか成仏《じょうぶつ》させようと、手をつくす。しかし、ききめがない。

やっと会話に成功するが、その返事は「わたしは五代目なのでして」などという変化もあるなどと考えてもみたのだが、これはという形にまとまらない。作家になりたてのころだったら、原稿にして渡していただろうが。

＊

長いあいだ作家という仕事をやっていると、そこにいちばん苦労する。前の作品より高度とはいわないまでも、少しは手のこんだもの、目先の変ったものを書きたくなる。しかし、あまりひねりすぎると、はじめて読んでもらう読者をとまどわせてしまう。そのかねあいが、やっかいなのだ。

私の場合もそうだろうし、多くの作家が、初期の作品群がいいと言われているようである。はじめてその作風に接したわけだから、新鮮な印象の強いのは当然である。しかし、それにあきたらなくなって、あれこれ試み、時には失敗をやらかすからこそ人間なのだろう。

初期の作品と同じようなのをずっと書きつづける人がいたら、おかしなものではなかろうか。とくにSF作家においては。

つぎのメモも、ずっと以前だったら、作品にしていたかもしれないたぐいである。

ある研究所で、宇宙を飛びかう新種の電波を発見。いろいろ検討したあげく、それをテレビの画面の上で映像化に成功。

みなは「あっ」と息をのむ。どこかの惑星の、高い文化生活がうつっているのだ。都市、住宅、交通機関。どれもこれもすばらしい。

また、多くの星々に進出している。その開発のようすだの、宇宙船の航行だの、興味ぶかいものばかり。

地球の者たちは、それを見て、いらいらさせられる。感心させられる眺めだが、建物の材質、宇宙船の推進機関、そういう点になると、まるでわからない。まねのしようがない。知らないのならとにかく、こう見せつけられると、自分たちがみじめに思えてくる。そのうち、ノイローゼになってゆく。
じつは、それがねらいの、他星人の作戦だったのだ。

ＳＦには、宇宙せましと活躍する話が、かず限りなくある。苦手とはいえ、私もいくつか書いた。ひとつの分野なのである。しかし、書いていてなんとなく気になるのは、地球あるいは宇宙基地との連絡方法である。電波を使いたいところだが、それでは光速が越えられない。

そこで、光速よりはるかに早い超電波といったものを空想してしまう。必要であるし、あってもいいと思うし、たぶんあるのじゃないだろうか。

それがどんなものか、私にはまるで見当もつかないが、研究しようと考える人はいそうである。少なくとも、ＳＦの発端としては、無理がない。普通の電波で他星と交信しようとしたオズマ計画なんかより、まだましという感じである。

テレビ映像にしたのは、話を進めやすくするためである。暗号のような電波では、その解読に大はばに枚数を使わなければならない。くふうを要するのは、むこうがいかに進んだ文明かの描写で、そこがなんとかなれば、作品は出来あがりとなる。

しかし、このたぐいのは以前にいくつも書いたし、宇宙物に気乗りしなくなってきた。としのせいかもしれない。

それはとにかく、現在だれも気づかずにいるが、超電波はいずれ発見されるだろうと、私は信じている。一笑に付すのはご自由だが、そういう人に宇宙文明といった言葉を使われては迷惑だ。


ある青年。研究に熱中する。

そのテーマは、まことに切実なもの。彼はまだ独身であり、理想的な配偶者を決定する公式といったものを発見しようとしていたのだ。一度しかない人生、とくに青春をむだなく活用するため、結婚に失敗したくなかったのだ。

苦心のあげく、それを発見。あとは簡単、それを組み込んだ装置を作る。うそ発見機のようなもので、女性をそれにかければ、すぐに判定がつく。

これでよしとばかり、青年はそれを使い、つぎつぎとこころみる。しかし、どの女性もみな不合格。

理想的なものは、世の中に存在しないのだ。こんなもの、作らないほうがよかった。

初期の作ならともかく、いまごろ新作として発表するのは気がひける。ベスト測定機でなく、ベター測定機にするか。九三点の女性がいたとする。九五点のがいるのじゃないかと、さがし回る。あきらめて戻ると、九三点の女はすでに婚約ずみ。かくして、あせりながらかけ回りつづけるのである。作らないほうが……。

少しはよくなったかな。

としをとるにつれ、なまじっかなことでは満足しなくなる。一方、それに適応したアイデアが出てくるとは限らない。作家でありつづけるのは、容易ではないのだ。

狂いつつある世界。徐々にひどくなる。

そのなかにおける、まともな独裁者。

事態の悪化を防ごうと、あらゆる手段に訴えて、さまざまな努力をする。もちろん、即決裁判による処刑といったものを含めて。

しかし、狂気は側近にも及んでくる。

これはわりと好きなアイデアで、何回となくメモにしている。孤軍奮闘、これこそ自分の使命、人類を救う道と信じて、寝食を忘れて活躍する独裁者。こういう逆説的な主人公は、あまり書かれていないはずだ。

しかし、いざとなると、どうにも書きにくい。そもそも、非常手段を強行する独裁者を正当と思わせるほど、社会を狂わせなければならないのだ。いつも、そこでゆきづまってしまう。

マシスンの長編に、吸血鬼がふえてゆく話があった。そうなれば防衛のため、独裁体制をとらざるをえなくなるかもしれない。

また、新人類、ミュータントの出現でもいい。私たちにとって、どうにもがまんのならない能力を持ったやつらの出現である。

私としては、人類にひろがる狂気の状態を書きたいのだ。それなのに、いっこうにイメージがわいてこない。まだまだ、狂気について勉強不足というわけであろう。


のろいのかかった部屋。

そこに住む者にとって、ろくでもないことがつぎつぎ起る。夜中にうなされたり、病気になったりで、住人がいつかない。

このままではしようがないと、その建物の持ち主が、霊のあつかいの権威を呼んで、おはらいをたのむ。

「お礼は払います。なんとかして下さい」

「よろしい。わたしの能力は、お考えになっている以上のものです。おまかせ下さい」

そして、それはなされた。

のろいが消えただけではない。いままでのマイナスがプラスに逆転したのである。その部屋に住むと、いいことずくめ。楽しい夢は見るし、病弱な人は健康になり、ゆたかな気分になれるのである。

なんという、すばらしさ。

しかし、そういっていいかどうか。部屋からそとへ出るやいなや、その神秘的な力は消え、平凡なままのただの人。


のろわれた部屋というテーマは、たくさん書かれている。しかし、それを逆にした話となると、あまりないようだ。そう考えてメモしたようである。それにしても、こういう部屋は、どんな形容詞をつけたものか。

つまり住む部屋というものの本質が、そういうものなのだ。マイホームである。なかにいる限り、いい気分でいられる。面白い形に発展のしようがない。

逆にしたから新鮮になるとは限らない一例である。あるいは、逆にする方法に問題があったのか。


　ある金持ち。昔の弱みをたねにゆすりにくるやつがいて、困りきっている。なにか解決策はないかと、殺し屋をたのむ。みごとにやってくれる。しかし、ひと安心とはいかない。殺し屋が時おり現れる。

「もう少し謝礼を下さい。あなたにたのまれて殺したのですよ」

と金をせびる。約束がちがうといっても、相手が相手だ。

あいつも消すか。こうなったら、ひとりもふたりも同じことだ。べつの殺し屋をさがし、依頼をする。やがて報告。

「やりましたよ。そのご、やつは来ないでしょう。これで永久に来ませんよ」

「よくやってくれた」

しかし、その殺し屋も、また金をせびりに出現しはじめる。

殺し屋のたまり場で。

「ああいうカモがいるので、われわれも助かるなあ」

殺し屋同業組合である。殺し屋を登場させる短編は書きやすいのだが、それだけに、油断をすると質の落ちたものが出来やすい。これを作品にしなかったのも、そのためである。

スペース・オペラなど

原稿用紙にむかうのが、苦痛でならない。まあ、これは毎度のことなのだが、今回ははっきりした理由がある。このところ、タバコをやめているのだ。

いずれもとに戻るかもしれないが、しばらく、吸わない人の目でものごとを見てみようと思う。また、禁断症状とはいかなるものかも体験してみたい。禁断なにするものぞとなれば、麻薬にだって挑戦できるというものだ。

はたせるかな、頭のなかがぜんぜんまとまらない。仕事をしないでいれば平気なのだが、執筆となると、どうにもならない。こういう連載となると、休むわけにもいかないのだ。自己のペースがわからなくなったような感じ。こんなものを書いていて、読んで面白がってくれるのかなと不安になる。

「急性の食中毒で」

ということなら弁解になるが、

「タバコの禁断症状で」

では、通用しない。なにもそうがまんせず、吸えばいいのにと言われるだろうし、自分でもそう思うが、そこが意地というものである。

先日、来客があった。年配の科学者で、話好きの人。かなりのヘビースモーカーで、

「ガンなんて病気は、催眠術でなおってしまうそうですよ」

データは忘れたが、かなりの高率でなおっているとのことで、これには驚いた。医者のガンがなおらないのは、そんなことはありえないと信じているからだそうだ。本当かどうかは、私にはなんともいえぬ。しかし、ありえそうな気分にさせられた。

前回にも書いたが、そのうち催眠術がブームになるのではなかろうか。このあいだテレビを見ていたら、引田天功という奇術師が、スタジオに集めた何人かに催眠術をかけ、霊魂を移動させ、はなれた地点の光景を話させていた。

あざやかな的中とはいかず「まだ不充分です」と言っていたが、偶然以上のものがあるように思えた。研究すれば、なにかありそうである。

そうなると、未来の人は、たえずなにかの催眠術にかかっていることになるかもしれない。暗示にかかりにくい人は、社会の落後者になりかねない。催眠術の禁断症状って、どんなふうなのだろう。それらしき状態を想像できれば、SFの短編がひとつ書けるところだ。

六月はじめの各新聞に、こんな記事がのった。

＊

昨年の七月、北海道の江差《えさし》港の沖から、幕府の軍艦の開陽丸の積荷の引き揚げがなされた。参拾両との刻印のある細長い金属片が多数。幕末に榎本武揚《えのもとたけあき》が運んだ徳川家の財宝、十八万両の一部かとさわがれた。

しかし、国立文化財研究所の蛍光X線分析によると、材質は鉄で、表面に厚さ一ミリのシンチュウを張ったものと判明。江差町ではがっかりしながらも「このなぞを解明したい」と言っているとのこと。

こんな分析になぜ一年ちかくかかったのか、蛍光X線とはなんなのか、私にはそっちのほうが疑問だが、とにかく面白いニュースであった。

私の時代物の短編「はんぱもの維新」のなかに、そんな部分が出てくる。幕府の最後の勘定奉行・小栗上野介《おぐりこうずけのすけ》が、北海道へむかう榎本に、金ぴかのレンガをつんだ船を途中で沈めてくれとたのむのだ。

この作品、会心の出来というものではないが、こうなってくると、人びとの興味をひくようになるかもしれない。科学の進歩で作品の古びるのはいやだが、過去への推理の的中するのはまんざらでもない。

歴史上の出来事のあつかいとなると、妥当な線を取り上げておくのが無難である。しかし、平均値そのものの人間が存在しないように、妥当もまた真実と離れているのではなかろうか。

小栗は頭がよく、江戸っ子。行政手腕もなかなかのもので、日本人としてははじめての世界一周もしている。世の中に一杯くわせようと、妙なことを実行したかもしれないのだ。

少し古くなるが、外電欄にこんな内容の記事があり、切り抜いてとってあった。

イギリスのピーターボロに住むアンジェラ夫人。古びた自宅の壁紙をはりかえようとすると、ぽっかり穴があき、紙片が出てきた。古い書体で「庭のすみを掘ってみよ」とある。

胸をおどらせ、指示された場所を掘ると、さびた錫《すず》の小箱が出現。あけてみると、そこにも紙片があり「みつけましたね」

しかし、彼女、さすがはイギリス人。がっかりもせず「息の長いユーモアね」

＊

さて、ことしはスペース・オペラの年。もっとも「スター・ウォーズ」が終ればそれまでのことらしいが。

この映画、非常によく出来ている。だれも指摘しないので書いておくが、もっと見たいなというシーンをさっと切り上げ、観客に欲求不満を起させる。だから、何回も見る人が出るのだ。

変な宇宙人ばかりの集まるバー、大艦隊の出撃の場面、いずれも時間にして、はなはだしく短い。これが小説だったら、そこを読みかえす。劇画だったら、じっくり眺める。テレビならビデオにもとれる。音楽なら聞きなおすこともできる。

というわけで、映画ならではの手法を使っているのである。その点を意識し、効果的に活用していたのには、つくづく感心させられた。

なんでこんな話になったのか。私もかつてスペース・オペラを書こうかなと思い、簡単なメモを取ったことがあるのだ。

宇宙空間の基地が襲撃され、そこの居住者は全滅。しかし、幼い男の子ひとりが生き残った。助かったといえるかどうか。宇宙人に連行されたのである。そして、その星において、いたれりつくせりの養育がなされる。親切からではない。もちろん、それには目的がある。ひとつは、地球人はどのような反応と行動を示す生物かを研究するため。もうひとつは、地球攻撃の時の指揮をまかせる役に立てるため。

年月がたち、宇宙人側の計画は、進行する。地球との戦闘用の兵器も生産される。主人公はすっかり成人し、指示された任務をはたすため、進攻を開始。しかし、心の底にひそむ地球への愛着がめざめる。あの地球という星をほろぼしてはならない。といって、反転して宇宙人を攻撃するのも、時期をあやまったら失敗に終る。

地球軍をいくらかやっつけて戦果をあげ、その信用と油断とを利用し、ことをはこばなければならない。心を鬼にして……。

少年物として考えたような気もする。しかし、ある時期以後、その注文がぜんぜんなくなった。それに、このストーリーだと、後半が少年物むきでなくなる。

いかに敵をあざむくためとはいえ、かなりの地球軍をやっつけるのである。これでは、地球の運命を救っても、英雄あつかいされない。ハッピーエンドにはならないのだ。けっこう深刻なのである。

むしろ、成人むきである。遠大な陰謀計画のもとで、宇宙人によって巧妙に育てられるところなど、くわしく書いたら面白そうだ。水ももらさぬ、万全のやり方によってである。このへんは宇宙人の側に立って考える。

迷うのは、地球攻撃の要員の編成である。宇宙人を乗り込ませず、全員ロボットにしたほうがいいかもしれない。さらってきたやつを育てて利用し、武器を与えてその星を攻撃させるのだ。たちの悪い連中なのである。自分の手をよごしたがらないのだろう。

そして、主人公が地球人としての自覚を持ちはじめるきっかけ。ここが重要だ。いいかげんな形だと、ありふれたものになり、すべてがぶちこわしになる。とってつけたような安易な心変りではいかんのだ。

その遠因は、養育の期間に発している。そのあまりの完全さへの不満が、じわじわと大きくなってゆく。それが、地球軍側の戦いぶりの、ひどすぎる拙劣さによって、同情めいたものとなり……。

まあ、なんとかなりそうである。ところで、美女を登場させねばならぬ。うんと、なぞめいたものにするか。宇宙人の作った精巧なアンドロイドか、惑星の植物香気による幻覚か、地球人に特有の守護霊か、最後まで意味ありげな形にしておくのである。

ここまでの青写真はできているのだが、さて、おとな物の長編の注文も来なかった。やがて、こっちも気力がおとろえてきた。また、こうスペース・オペラのからさわぎになってはね。

それに、この分野を日本人が書く必要があるのか。翻訳だけでいいのではなかろうか。

さまざまな雑念が出てくる。はるか未来、地球がいくつかの惑星系に進出したとする。その時、地球人だって他星を攻撃してみたくなるのではなかろうか。こんなことが頭のなかでちらつきはじめると、筆がにぶってしまう。スペース・オペラを書くには、ものごとを割り切れる性格でなくてはならないのかもしれない。


ある建設会社に来客があり、図面を出して、建造物の注文をする。

「資金は充分に用意してあります。べつに急ぎもしませんが、これを作って下さい」

「大きなものですな。ちょっとしたピラミッドではありませんか。いったい、これはなんなのです」

「あなたがたは、商売でしょう。作って下さればいいのです。いずれわかりますよ。芸術的なところもあるでしょう」

わからないまま、その工事は進められる。やがて完成。それに彫られている奇妙な文字は「地球征服の記念碑」という意味とわかる。

しかし、時すでにおそし。地球は他星人の支配下におかれ、反抗しようにも手も足も出ないのだ。

これは短編用のメモ。ラストを、いかなる形態の支配下におくかが問題点である。もうちょっとで思いつきそうなのだが……。

アラブの石油産出国が団体行動をとったため、エネルギー資源をめぐって世界がひとさわぎしたことがあった。そういうたぐいでなにかないものか。香辛料、薬草、ある種の金属、そういったもののひそかな買い占めによってである。

すごい武器をふりかざして乗り込んでくる話はいくらでもある。いまさらだ。宇宙人による経済侵略ものも、たまには書いてみたいものである。

おれは宇宙人だと思い込み、地球征服をおっぱじめたやつ。

これとくっつけたら、地球に対する経済侵略の話もうまくまとまったかもしれない。地球人的な発想でいいのである。しかし、本人が自分を宇宙人だと信じ込んだら、それも否定できないのではなかろうか。外見は地球人だが、宇宙人なのである。

そのあたりは、だれでも思いつきかねない議論だから、簡単に片づける。資金は父の遺産にすればいいし、父が死の寸前に「おまえは宇宙人だ」と口走り、そのことがきっかけとなったとしてもいい。

とにかく、金にものを言わせての世界征服にいたる経過と、その最終段階をどうするかだ。そのラストにひとくふう。

人びとから地球人らしさがなにか一点だけ失われ、そのかわりに平和と繁栄という展開にすれば、いちおうの作品になりそうである。宇宙人と信じ込んだのか、宇宙人の霊魂にとりつかれたのかをぼかして終らせるのもいい。しかし、中編になってしまいそうだな。

もしかしたら、私の本質は中編のほうにむいているのかもしれない。そうだとしたら、人生をあやまったことになる。とりかえしがつかない。なあんてね。

ついでだ、長編のテーマを、もうひとつ。


人工的にスーパー人類を作れるようになる。この世代交替の時期を舞台に……。


いまとなっては、少し手おくれのテーマかもしれない。遺伝子コントロールに関するものである。新人類というか超人類というか、その出現を扱ったSFは、たくさんある。そして、その多くは一種の争いの形をとる。

たまには、スムースに移行するというのもあっていいのでは。そこがみそである。遺伝子をコントロールし、次代の連中を作り出すのは、私たち旧人類である。科学の未発達な時代ならともかく、かなり進んでおり、しかもSFのなかである。

反抗しそうなのは、厳重な管理下で出現を防止する。そして、頭脳優秀、感覚鋭敏、さらに性格従順なる人ばかりを育てるのである。文化は高まるにきまっている。

これが旧人類と永久に併存となるとやっかいだが、旧人類はいずれ消え去るのだ。最後に生き残った何人かは、パンダ以上の豪華な毎日をすごすわけである。

もっとも、そこには一時代の終りというさびしさはあり、最後のひとりになったら、話しあう仲間もなく、なんとも形容できぬ孤独な心境ではあろう。そうならぬと、小説にもならない。

やがて、その人も死に、管理機構が停止し、新人類は完全な自由を得る。すごいだましあいとか、とんでもないことをおっぱじめるかもしれない。しかし、滅亡した旧人類にとって知ったことかである。

しかし、案外、このような移行が来《き》たるべき未来の姿なのかもしれない。なんとなく、わが子の教育に自分の夢を託す現代の両親を連想してしまう。いや、それからの連想がこのメモになったのだろう。

過保護と過大な期待の重荷をしょわされた新人類たちの物語となる。管理が厳重で、感受性がゆたかとなると、その心理の屈折は大きなものにちがいない。

そのへんを書き込んだら、新しいタイプのSFになりそうである。そこまで出来ていて、なぜ作品にしないのだ。しかし、あなた、世の中、そう簡単にはまいらんのだ。かりに、新人類はわれわれより頭が二倍もよいものとする。そういうのがどう感じ、どう考え、どう仲間とつきあうか、すらすら書けてたまりますかってんだ。

しかし、そこをなんとかもっともらしく仕上げるのがSFである。つまり、めんどくさいのである。やっぱり私は、短編むきというわけか。


文明が徐々に崩れてゆく未来の時期。

満足感と平穏のゆきわたった世の中。そのなかで、ひそかに怠惰が進行。女性と子供と単純さの時代。すべてがそれに迎合、マスコミがそれを加速する。急速な下降となる。

修理、保全をする人がいなくなる。なにもかも少しずつこわれてゆく。ティーチング・マシンもこわれる。


解説を加えないと、これだけでは意味不明かもしれない。しかし、自分ではわりと気に入っているアイデアなのである。さがせば、同様のメモがほかにもあるはずだ。未来のひとつの不安への問題提起である。

私にはテレビがなぜうつるのかわからない。ガス冷蔵庫にいたっては、説明を何回となく聞くが、すぐ忘れる。ヘロインが神経にどう作用するのかも知らない。分類すれば単純な人間に属することになる。

そういうことの苦手な人間は、ふえる一方のようである。商品の宣伝も、使いやすさだけが強調されている。

お湯どころか、水をかけるだけでいかなる食品もできてしまう、超インスタント時代にだってなるかもしれない。しかし、その食品工場の機械が故障したとする。たまたま、修理係は待遇の悪さにいや気がさしてやめてしまっていた。あるいは、あるグループによってその職種の連中がさらわれていた。一種のパニックが起りかねない。

しかし、パニック物はすでに多く書かれている。私の作風にも合わない。徐々にじわじわとだめになってゆく話にしたい気がする。

そこで、メモには〈万能殻にとじこもる〉という書き込みもある。精神安定装置とでもいうべきもの。金属か、プラスチックか、電磁波か、なにかでできた殻に入りこむと、いやなことや不安なこと、面倒なことを忘れてしまうのである。そして、これに限って故障しにくいのだ。

やっかいなことを避けたがり、それによって文明の崩壊するというおぜんだてがそろう。

文明の産物。乗り物にしろ、ビルにしろ、なおす人がいないままこわれてゆくなんていうのには、こういってはなんだけど、ムードがある。もっとも、ドラマチックな部分はあまりないわけだが。

昨今の新聞で、鉛筆のけずれない小学生がふえた、これでいいのかという記事をみかける。なに言ってやがるだ。ナイフは危いからと主張し、使わなくさせたのはかつての新聞ではないか。ナイフの使い方があまりにへたなので、さすがに心配になってきたのだろうか。

それにしても、鉛筆だけがなぜ問題なのだ。けずり器が入手不能になることは、まずあるまい。私などは、電気釜《でんきがま》を使わずに飯をたく方法のほうがもっと重要だと思うのだが。

非常の際、万一の場合、どんな能力が要求されるか。その順位を作成してみたら面白いのではなかろうか。鉛筆がなくなったって、死にはしない。

むしろ、凸レンズで火を起すほうが上位にくると思う。子供はそれを面白がり、放火さわぎがはやり、新聞が危いから取り上げろと論じ……。

マッチも使われなくなったものだ。

ついでだ、もうひとつマスコミをとりあげよう。

有名人が死ぬ。遺族や関係者は、ひっそりとしめやかな葬儀をおこなおうとする。

しかし、ニュース性ありとし、あるテレビ局が交渉し、カメラを持ちこむことをみとめてもらう。一台に限り、目立たぬようにとの条件で。

放送がはじまると、局へ電話がかかってくる。「カメラの位置がよくない」とか「会葬者の顔をアップでうつせ」と。また、スポンサーから「もっともっと派手にやれ」との注文がくる。

そのうち、他のテレビ局も中継車をかけつけさせる。カメラが何台も持ち込まれる。遺族たちは反対するが、テレビは大衆の代表なのだ。

「どけ」とか「どかぬ」

殺気だって大混乱。そのなかで、倒れたやつが打ちどころが悪くて死ぬ。

その葬儀がしめやかになされようとされるが……。

チャンネルの数がふえ、地方局がふえれば、葬式の中継番組が好評ということにだってなりかねない。そのあげく、厳粛さなんかは消し飛んでしまう。

ケネディ大統領にしろ、吉田茂《よしだしげる》にしろ、テレビで見た葬儀はなかなかよかった。しかし、現実に参列した人たちにとっては、あちこちにテレビカメラ、カメラマン、照明、コードなどで、うんざりした気分だったのではなかろうか。

よくある小ばなしのパロディだが「儀式はテレビで見るに限る。なにしろ、テレビカメラを見ないですむから」だ。カメラマンの図々《ずうずう》しさは、なんとかならぬのか。儀式らしい儀式は、テレビを通じてしか存在しなくなってしまった。そんな現状を訴えた作品はできないものかと思ってメモしたものである。

＊

宗教についてのメモもあった。

人間はもともと狂信的である。それなら、あまり害の多くない、ほどほどの宗教を作って与えておいたほうが……。

＊

神はさまざまなタブーを作った。おかげで人間は、それをおかす楽しみが味わえる。

こういう文句がぞろぞろ出てくれれば、ちょっとした壮観なんだろうが、そううまくはいかない。無神論者の原始人なんて話は、あまり聞かない。たぶん、なにかがあることはたしかなのだろう。神の発生と進化について、だれかわかりやすい解説をしてくれないものだろうか。

宗教評論家がいていいはずだ。世界の各地のごたごたも、宗教がらみのが多いのだ。

＊

少し毛色の変ったのも。

ふしぎな箱を手に入れる。古風で上品なつくりなのである。飾っておくだけではなく、日常生活で使うことにする。

眠る前に、財布を入れる。つぎの日になってみると、なかみが倍にふえている。わけがわからない。数えちがいだろうか。

そこで、こんどはよく調べて箱に入れる。またも、倍にふえている。こうなると、箱の魔力としか考えられない。

友人に話してしまう。よせばよいのにだが、そこが人間の弱みである。「ぼくの金もふやしてくれ」とたのまれ、引き受ける。

しかし、なんということ、今回はあとかたもなく消えてしまって……。


SF的なのより、こういうたぐいの話のほうが、短編では好きである。科学的につじつまをあわせるのは、けっこう気を使う。

さて、この話、どう結末をつけるかだ。なるべく人の考えそうもない方角へ持ってゆくのがいいことは、いうまでもない。伏線として、箱を大き目なものにしておくか。そのなかに逃げこむのである。しかし、これだと、さらにその先を考えなくてはならない。

箱のなかに手紙を入れるという手はどうだろう。ご連絡くださいである。箱のなかが、どこかに連絡しているのなら、その一端がわかれば、利用法もあるだろう。しかし、これまた話はさらに発展する。

いちばん無難なのが、ルーレットに仕上げる形だろうか。金が倍にふえることもあり、全部が消えてしまうこともある。丁半のギャンブルだ。小銭を使って、ふえ方や消え方の統計をとり、約五十パーセントとわかれば、カジノが開ける。五十五パーセントだと、なおいいか。

そうとわかれば、金を損した友人だって、怒ることもなく、喜んで共同経営者になるかもしれない。しかし、もっとあっという結末はないものか。

それにしても、この箱のしかけ、どうなっているんだろう。そう気にさせるところが、こういう話のみそなのである。

＊

何回か前に書いた、あるキー・ワードによって宇宙語を解読するというアイデア。それをストーリーに発展させたメモが出てきた。


ある朝、村はずれの野原に、奇妙な物体が出現している。外側に文字らしきものが記されているが、だれにも読めない。どうやら、地球上のものではないらしい。

取り扱い方を書いてあるのだろう。コンピューターにデータを入れる。しかし、手がかりゼロでは、どうにもならない。

みな、いらいらする。物体のそばの連中も同様。なにげなく、タバコに火を……。

そのとたんに、物体に引火。その連絡が研究所にもたらされる。

「そうか。すると、あの大きい文字が、火気厳禁だったのか」

それにより、コンピューターは作動し、なにもかも一気に判明。なかにすばらしい製品の図面がつまっていたことがわかる。しかし、もはや手おくれ。あとには灰ばかりが……。


なんとかまとまっている。傑作とはいえないが、初期の作品としてなら、まあまあである。なんでショートショートにしなかったのか、ふしぎだ。

その時、それ以上のものが書けたからだろう。そして、これはいよいよという場合の非常用にとっておこうとし、そのうちメモの山にうずもれてしまったというところか。

火気厳禁となると、大気圏の落下とするわけにいかず、その処理をどうするかと迷ったりしたのかもしれない。

私はある時期、宇宙人が来訪する話をよく書いた。ストーリーを進めるため、会話翻訳機なるものを何回も登場させた。キー・ワードなしで、すぐ通じてしまうのである。そんな短編集にこの作品をまぜると、翻訳機はどんなしかけなのだとの疑問を感じさせ、寝た子を起すことになりかねない。

そこまでうるさい読者はいないだろうが、作者として無意識のうちに気にし、作品化をためらったのだろうか。

スモーレスト・カンパニー。趣味の会社。


これは小説とは、なんの関係もない。株式会社を作り、社長におさまってみようかと考えたのである。劇画家のなかにはプロダクションを作って創作活動をしている人があるが、そういうたぐいとはちがう。

最少の資本金の会社をと考えた。法的にみとめられた、可能な最少限はいくらぐらいなのだろうか。その分野の専門家に会ったら聞こうと思いながら、いざとなると忘れたりし、今日に及んでいるというわけなのである。

創立の費用は惜しげもなく、といっても額は知れているだろうが、使うつもりである。最も小さい会社を持ってみたいのだ。その次には、海外の事情を調べ、世界最少の資本金の会社も作ってみたい。

まず、なにをするかというと、日本、そして世界の最大の資本金の会社の社長を訪問し、あいさつをする。ちょっと面白い気分を味わえるのではあるまいか。ユーモアのある社長だったら、なにか仕事をまわしてくれるかもしれない。

たぶん、だれも手がけてないことだろうと思う。


夏ちかいある日。時刻は午後。中年の婦人がベッドの上で眠っている。やがて目ざめ、部屋のそとの庭にいる娘を呼んで話す。

「いま、夢を見たよ」

少女は好奇心を持って聞く。

「どんな夢なの」

「おまえが大きくなってね、ここで昼寝をしているのだよ。そして、めざめてから、そとで遊んでいる娘を呼んで、そのことを話すのさ」


まったく、妙な話である。なんで、こんなのを思いついたのだろう。五枚ほどクリップではさんであるうちのひとつである。

それらに目を通し、やっと思い出した。かつて、画集にストーリーをつけた本を出したいとの相談を持ち込まれたことがあった。私は「いい企画とお思いのようだが、期待はずれの文章しか集まらないでしょう」と話し、その通りになってしまった。

私はマチスの絵をいくつかあずかり、ためしにとメモをとってみたのだ。地中海ぞいの別荘の一室に眠る婦人といった図柄だったと思う。マチスにはそんなのが多いのだ。

ヨーロッパの石造りの建物からは、半永久的といった印象を受ける。で、こんな話を思いついたのだろう。似たようなのがもっと浮かんでくれると、私の作風もひろがるのだろうが。

あとのメモは、どうにもならないしろもの。名画に物語をつけるのは、大変である。やってごらんになるとわかる。どこか欠けたものがあると、そこをとっかかりに進展させられる。高度の完成品は、もっぱら鑑賞すべきものなのだ。

地球からの探検隊が、ある星へ到着。夜がふけたので、キャンプをする。

隊員のひとりが、夜中になにものかに襲われる。しかし、ひっかき、かみつき、あらん限りの抵抗をして撃退する。

「平穏そうに見えたが、ぶっそうな星だぜ。早いところ切りあげよう」

やがて、ほかの星へと移動する。

この星の住民は、狼《おおかみ》から進化したのだが、おとなしい社会を形成している。しかし、この時を境に、異変がはじまったのだ。

地球人にかみつかれたやつ。満月の夜になると、ふさふさした毛が消え、わけのわからない声をあげ、仲間たちを恐怖におびえさせるのだ。


狼男の話を宇宙へ持ち出し、ひっくりかえしただけのことである。なにごとも、やってみなくてはならない。

地球人というものは、地球的な状態、思考法というものを正しいと思いこんでいる。当り前のことで、それでいいのだが、宇宙ではなんともいえない。

ひとつのテーマである。この逆狼男の話はどうかと思うが、地球人が去ってしまったあと、探検隊のだれも考えなかったような悲劇が発生しているというラストは、悪くないのではなかろうか。それには、前半をなんとかもっと書き込んでおかなければ。


テレポートで宇宙人が地球へ出現。何百人もである。人類はかなりあわてる。すごい能力の持ち主だ。文化も高いにちがいない。これから、この地球をどうしようというのだろう。不安は高まるばかり。

しかし、しだいに実体があきらかになってくる。やつら、テレポートはできるが、そのほかのこととなると、まるで劣っているのだ。文化程度も、人類にはるかに及ばない。それどころか、地球の文化からなにかを学ぼうという意欲もないらしい。早くいえば、野蛮なのだ。

やがて、あきたのか、連中は帰ってゆく。

「なんだ、あいつら。ばかみたいだ」

「テレポート除けば、ただの原始人」

そんなところが、平均的な反応。やつらはなにもたらさなかった。しかし、人類は心のすみで、ふと思うことがある。文明も文化もいらない。遠い星へテレポートできれば……。


F・ブラウンの『火星人ゴーホーム』のバリエーションである。ねらいはちがうといっても、そんな弁解は通用しない。どうしようもないのである。

つまり、私も平凡なバリエーションを、ずいぶん考えついている。メモをしてから、これは使えぬと気づく。メモをしないのを含めれば、九十パーセント以上にもなるだろう。

しかし、そういうのは作品にしなければいいのだ。そこが作家というわけである。

私は他の分野の仕事をあまり知らないが、彫刻家など、作ってはこわし、作ってはこわしをくりかえしているのではなかろうか。そして、第三者から見て、どこが悪いのかわからぬのが多いのだろう。そのあげく、自己の許せる水準以上のものを残す。作品とは、そういうものなのだ。

薬など

六月十九日の東京新聞に、小さくこんな記事がのっていた。場所、人名は省略する。

某市の医師は大のコーヒー好き。診療前に一杯と、近くの喫茶店に出かけた。だが、開店しているのに、顔なじみのママがいない。

待ちくたびれて帰りかけると、ママさんと道でばったり。ママさん、子供が熱を出したので医院へかけこんだが、先生がいないので仕方なしに戻ってきたのだ。おたがいに「いったい、どこへ行っていたのです」

南日本新聞からの転載である。事件というほどのものでなく、ローカル紙だからこそ、報道されたのだろう。それを東京新聞がのせたので、私も読むことができた。

こういうのを読んで頭の片すみにおさめておけば、ストーリーにオチをつける時の役に立つ。オチは短編において必要とは思わないし、ないほうが効果的な場合もあるだろう。

しかし、私においては、しぜんについてしまうのだ。何回もくりかえすようだが、こういうことに興味を持っていれば、そのこつはいつのまにか身についてくる。

これまた何回も書くことだが、大変なのはシチュエーション。アイデアと称してもいいのだろうが、異様なる出だしといったほうが、私にはしっくりくるのだ。

たとえば、こんな話。七年ほど前のらしいが、新聞の切り抜きがとってあった。要約すると。


東京での出来事。午後の十時ごろ、ある国電駅前の交番に、若い男が「頭が痛い」と入ってきて、気を失った。ただちに入院させる。

六日目に意識を回復し、住所、姓名、本籍地、職業は高校の体育教師であることなどを話しはじめた。

しかし、それらをたよりに調べたところ、ぜんぜん該当者なし。首すじの左右に古い手術のあとがある。


まったく、奇妙なことだ。このままいただいてしまいたいし、話の展開にくふうをこらせば、文句も出ないだろう。おかしな形容だが、意欲をそそられる。しかし、記事を読みかえしてみるが、いっこうに動き出さない。自分で考え出したものでないからだろうか。出来事そのものにとらわれてしまう。主人公を美女に変え、その住所には、夜ごとすすり泣きの聞こえてくるといううわさの家があり……。まだものたりないな。記事というやつは、なにか現実的ななぞときを要求しているのである。少しぐらいくだらない形でも、自分で思いついたもののほうがあつかいやすいのだ。

精神的不満を、薬によって体内にとじこめる。それが蓄積されてゆく。

とくにいいアイデアとも思わないが、いかようにもいじれる。

得意先をしくじっても、薬を飲んでけろり。上役にどなられても、薬の一服で、やけ酒は不要。女にふられたって、なげくことはないのだ。

その調子のよさと安易さに焦点を当てて書くという手もありそうだ。読者は、いつ噴出して大悲劇となるのか期待するだろう。それで釣りながら、最後は成功者にしてしまうというのも、ひとつの意外性だろう。

なあんだと思わせておいて、そこで、あっと言わせる。たとえば、さっきの新聞記事の男じゃないが「いったい、おれはだれなのだろう」と、主体性というか、主人公が自己への認識をなくしてしまうのである。

ついでに、もうひとつ、ひっくりかえすか。会社の部下たちが言うのである。

「社長、あなたがだれであろうと、そんなこと、かまいません。あなたの才能と決断力さえあればいいのです。つまらないこと気にしないで、社のためにつくして下さい」

だんだん、ものになってきた。いちおうの作品になる材料だったのだなあ。メモを眺めている時は、そんな価値のあるものとは、少しも思わなかった。たいしたことはないらしいとあきらめ、いじりはじめると、活気づいてくるのだ。どうして、いつもこうなのだろう。目に見えぬなにものかがじゃまをし、私に才能を発揮させまいとしているのか。

＊

走り書きした子守歌の歌詞。

眠っちゃだめだよ、起きてて、起きて。
しっかりするのよ、目をあけて。
はじまるんだよ、面白いことが。
アリスの本に出てたでしょ。

私なんかには、きくはずだ。原稿を書かなくてはと思うと眠くなり、一段落して寝床に入ったとたん、目が冴《さ》えてしまうのである。起きてろと歌われたら、眠くなるはずだ。たぶん、目に見えぬなにものかが、私がすなおに眠るのをじゃまし……。

アリスの本という部分を、なんとかなおしたい気がする。ブラウンの『火星人ゴーホーム』あたりがいいのだが、歌詞におさまらない。

かりに、こんなのを作って幼児に聞かせたら、どうだろう。眠るか、起きるか。メロディーしだいだろうな。子守歌って、文句なんかどうでもいいのではなかろうか。五木《いつき》の子守歌の歌詞、あれ、眠りとどんな関係にあるのだ。

頭がよく、純真な幼児がいたとする。すなおに、この私の作った子守歌を信じ、なかば目ざめ、なかば夢みる状態で、とんでもないものを呼び出してしまう。桃太郎が、かぐや姫とラブシーンを演じ、そこへカニがあらわれ……。

この程度じゃ、どうしようもないな。

形式より心という主張が、とめどなくひろまった社会。

口先がうまく、ぺこぺこしつづける人物がいる。たいてい、なにか無理なたのみを持ちこんできた場合である。そういう時は「形式よりも心、もっと真実さを」と言いたくなる。

しかし、心というやつは、とらえどころのないものである。深夜のディスク・ジョッキーの、親しみのつもりだろうが、ぞんざいきわまるしゃべり方を聞いていると、あんなのでいいのかと思えてくる。

「形式より心」というのは、意外とやっかいなのである。「おひげのちりを払う」という古語があるが、相手にひげがあり、いつもちりがついているとは限らない。くつみがきセットを持ちあるいていて、ひざまずいて相手のくつをみがくか。さらには、肩をもむとか、とっておきのジョークを話すとか。こうなると、もはや一種の形式である。

つまりは、礼儀というものに戻ってしまうのだ。しかし、礼儀がやっかいなしろものであることはたしかである。そこで……。

うそ発見機が大衆レベルまで普及した世。

ということになってしまうのだ。言葉づかいがていねいであるのに越したことはないが、この簡易小型高性能のをむけると、心のともなっていないことがばれてしまう。だまされるという現象は消えるわけだ。

人びとは、計器の針の真実度を高めるよう、ひたすら努力する。反応をコントロールする電波発信機を使うやつも出るだろうが、発覚したら一大事だし、その防止装置だってとりつけられるだろう。

こうなったら、やっかいだろうな。たえず精神修養をやっていなければならない。礼儀作法をおぼえるほうが、まだ簡単か。

＊

少し話題のタイプを変える。

ＡとＢの二人の人物。おたがいに相手を犯人だと、警察に密告しあう。警察も動くが、こういうのには、さほど身を入れてやる気にならない。

しかし、ＡとＢはさまざまな手を使い、証拠や証人らしいものを、つぎつぎと用意する。どこまで信用していいのか、見当がつかない。

ばかげたさわぎだ。からかって楽しんでいるのかもしれない。警察は手を引く。

じつは、ＡとＢは共犯。相談した上での芝居だった。


たぶん、まだだれも書いていない話だと思う。未訳の外国作品にあるかもしれないが。

どんな事件にするかは考えてないが、ＡとＢの共犯なのだから、密告にもなんとなく本当らしさがともなっているのだ。そこで、おたがい「あいつが犯人だ」と、個人的なうらみをこめた感じで、さわぎたてるのである。警察もいくらかは動くのではなかろうか。それが、なんと……。

こういうストーリーは大好きなのである。スレッサー風だが、彼の作品にはない。ところで、事件として、どんな犯罪を持ってくるか。問題はそこなんだ。それは、簡単であればあるほどいい。こみいらせたら、ごたついたものになる。殺人にしたいのだが、ありふれているか。調子のいい時なら、ぱっとひらめく。しかし、なまじ考えはじめたら、時間のむだ使いとなる。最近、こういうのを書いてないので、かんがにぶっている。

もうちょっとでものになりそうなのだが、そのちょっとが、どの程度のちょっとなのかだ。

*

そのそばに、それをさらにひねったようなメモ。


登場人物の全員が、それぞれ他人を裏切っている。各人、その一方で、なんらかの弱みを持っているので、そう勝手なこともできないという条件もついている。

組織のボスのA。その子分のa。

対立する組織のボスのB。その子分のb。

過去のある女性。

警察。

Aがbとひそかに会うのが発端となる。bはBの地位をねらっているのである。そのためには、Aのさしのべた手は、プラスである。しかし、こんなことがBに知れたら、えらいことになる。また、AはBにまともでは対抗できないので、こんな手段に訴えざるをえないのだ。それに気がつかれれば、Aの弱みともなる。

どこまでこみいらせられるか、その関連図を描きかけてある。これは複雑でありながら、だれにでもわかるような、すっきりしたものでなければならない。

登場人物の数は、どれぐらいがいいか。女性の数を少しふやすか。そして、だれもがめざしているのは、自分の思うがままの支配なのである。

人物の関連図を描くなんて、私としては珍しいことである。面白がっていじっているうちに、それは三次元的になってくるのである。当然そうなりますよね。力、金、法律、各種の弱み、さまざまなものがからみあっているのだから。

その図をごらんになりたいでしょうな。しかし、それのできないのが残念だ。お見せしていい気になれるようなものだったら、とっくの昔に作品にしてしまっている。意欲だけありあまって力たらずという、珍奇にしてへたくそなる図なのである。

それにしても、人物関連図だけで成立している作品なんてのは、はじめてだろう。実験としてやってみたい。

こう書くと、えらくシュールなものを連想し、どうもそういうたぐいはと敬遠したくなる人もあるだろう。しかし、そんな人も、雑誌などにのっている、ある実力者の人脈図というのは見たことがあるはずだ。そして、わかりやすいなと感じたはずだ。

もっとも、それは公表してさしつかえない関連人物しか描かれていない。しかし、フィクションとなれば話はべつだ。どんないやらしい、非合法なことでも、好きなように書きこめるのである。

といった、他人をあっと言わせるようなものができればねえ。ただただ非力をなげくのみである。あるいは、そうぞうぜいたくを言うな、か。

＊

話が少しむずかしくなった。

プラスチック製、あるいはガラス製、ヤドカリ用の貝殻を大小さまざま作る。

ヤドカリという海中生物がいるのである。たいていの人はご存知と思うが、自然と接することの少ないいまの世の中、知らない人がいたって恥じることはない。百科事典をひけばいいのだ。なかなか興味ある項目である。

エビとカニの中間的な存在。カラを作る能力を持たないのに、カラを欲しがるのだ。そこで、巻き貝の貝殻を借りて住む。成長するにつれ、大きな貝殻へと移っていかなければならないことになる。

なんでこんな生物がいるのだろう。進化の途中で、なにか妙な時期をくぐり抜けたにちがいない。たとえば、あたりいちめん、からっぽの貝殻があったとか……。

しかし、いまや貝殻さがしは、容易でないらしい。そこで、万物の霊長たる人間さまが、適当なのを作って海中にまいてやり、その生活を助けてやったらどうかというのである。食用にはなるのだが、大量にとれないので、水産業の一部門に発展しないでいるのだ。

ヤドカリ的なものをテーマに小説にしたら面白いだろうと思うが、ヤドカリ愛好家というのは、けっこういるらしい。不用意に書くとなると、おかしな点を指摘されそうだ。

それにしても、ふしぎな生物がいるものだ。変なのは人類に限らない。

宝くじの偽造団。作っては売る。なんとかうまくゆき、利益も順調。

その一枚を入手したスパイが、メモがわりになにげなく書きこむ。風に飛ばされるが、まあ、注意して読むものもあるまいと軽く考える。

それを殺人犯が拾うが、こんなものを持っていてもしようがないと、捨ててしまう。

しかし、その番号が最高額に当ってしまうのである。この賞金には税がつかないので、犯罪組織が裏の金を表に出すのに利用しようと、入手に力をつくしはじめる。

それよりも困ったのが、偽造団。高額当選者が出ないうちは発覚もせず丸もうけだったが、こうなると一大事。回収にかかる。

スパイはこれに書かれた文字が話題になってはと……。

殺人犯は自分の指紋が残っていてはと……。

とにかく、おぼえやすい番号だったとしておくか。かくして、一枚の紙片をめぐって大争奪戦となる。

似たようなテーマで書いており、これはもういじる気にならない。しかし、私はこういう集積回路みたいというか、ひとつのものに多量を押しこんだ話は好きである。

能率向上薬。
集中睡眠薬。一時間だけ眠ればいい。
そのあと、することなし。
瞑想《めいそう》にふける。
瞑想加速剤。
さとりを得る。こんなことではいかんと。
過去のやつらめ、みんなやっちまいやがった。

薬品による作用のテーマも好きなのだ。これは生れつきの性格のようだ。このアイデア、採点すれば三十点ぐらいか。最後の部分など、意味不明である。
副作用なしの能率向上薬ができれば、だれもが使いたがるだろう。睡眠時間が無理なくへらせれば、それも使われるだろう。

レジャーの時間がふえるわけだが、そうそう遊びのたねがあるわけもない。瞑想にふけるなんてのが流行するかもしれない。そして、それを加速する薬があらわれ、くだらぬさとりにいたるというのがミソである。

なにか、もうひとつアイデアが加われば作品になるのだが、そこがどうもうまくいかないのだ。能率の向上も便利という点だけでなく、日本的な国民性にからめてとりあげ、なにかの風刺をきかせたい。時間をかけて検討すればなんとかなりそうだが、このところ気力がおとろえている。

メモだから、順序のことなど気にすることはないだろう。

＊

道徳の商品化。
道徳を売る会社。かたい道徳。それはいいことであり、反対できない。新イメージ。

このたぐいのメモは、たくさんあるのだ。定期的に頭に浮かぶので、そのたびにメモに書かれる。

要するに、だれもかれも反道徳的なことをさがし出そうと、血まなこになっている時代である。新発見があれば、それを小説なり、劇画なり、映画なり、テレビなり、なにかにすれば、名が売れ、金が入るのである。最近はいくらか下火になったようだが、この風潮は依然としてあるのだ。

それを痛烈に皮肉った作品ができないものかと考えてのメモである。かつて「少年マガジン」の全盛期を作りあげた内田勝編集長に言ったことがある。

「ひとつ、道徳特集号をやってみませんか。あっという衝撃を与えるんじゃないかな」

冗談と受け取られたが、私は名案と思っていたのである。

ねらいはいいのだが、どうもうまく作品にまとまらない。その最大の障害は、テレビのあのコマーシャルである。

「世界は一家、人類はみな兄弟、仲よくしましょう……」

あれにはじめて接した時、私はきもをつぶした。異次元にでも飛びこんだような気分におちいった。いつ中止になるかわからないので、注のかわりに書いておく。競艇を主催する日本船舶振興会の流しているものである。

その会により、そのほか各種の道徳的な標語がテレビから流れてくるのだ。民放はじまって以来、最も印象的なものである。ほかのコマーシャルは、製品の売り上げをふやし利益をあげようと、なりふりかまわずにやっている。上品めかしたものもあるが、それだって底に流れる目的は同じ。

この道徳コマーシャルについて、からかいの文章は時たま見かけるが、正面から批判したのはまだないようだ。どうにも反対のしようがないのだ。

その提供するお子さま番組が、なかなか良質なのである。また、競艇ファンの反感をまねきたくないのかもしれない。このあたりをつきつめると、大問題にぶつかってしまうかもしれない。

このところ、タバコの評判がはなはだよろしくない。他人への迷惑が大きい。道に捨てるのがいかん。からだに悪い。箱への注意文も、もっと強い調子のものにしろ。まさに、諸悪の根元あつかいだ。

それならいっそのこと「タバコの定価を三倍、いや五倍にあげろ」との主張があってもいいのに、それはだれも言わない。タバコは庶民のささやかな楽しみというムードも残っているのだ。

しからば、酒に関してはどうなのだ。車はどうだ。そもそもテレビはどうなのだと、議論は発展しかねない。困る人が続出する。

テレビといえば、ワースト番組なるものがたまに発表されるが、だれがきめているのだろう。ワーストと規定するからには、それを熱心に見ている証拠で、どこかおかしい。

こんなところにも、普通では論じにくいものがたくさんある。SFにとっては舞台にしやすい分野である。それなのに私は、なにかというと道徳コマーシャルに考えがむいてしまい、それ以外にひろまらないとくる。しかも、それは現実に電波に乗っているのだ。どうしようもない事態なのである。

ビールス、病原菌、寄生虫。
弱者が生き残るシステム。
強力すぎると、宿主もろともほろびる。

宿主を助ける寄生虫の話は前にも書いたが、こんなメモも残っていた。病原菌など、強すぎたらいかんのだ。潜伏期もなしに発病となり、あっというまに殺す力を持っていたら、伝染によってひろまることもないわけだ。

たぶん、古代の地球には、とてつもない強力な病原菌がいたのだろう。それが弱者生存の原理によって、現在のような程度に下ってきたという説はどうだろうか。人間社会で、この弱者生存のうまい設定ができれば、作品ができそうだ。

＊

そのそばに、ぜんぜん関連のない書き込みがある。人間の思考には、方角性もなにもないらしい。それとも、私に限ってか。

スエズ地峡の歴史。
その地を舞台に、聖書の時代から、現代まで。運河ができてからも。アラブとイスラエル。

自分で書くつもりではない。だれかが、わかりやすい形で書いてくれないかと思ったのだろう。新聞がやってくれればな。

いろいろな連中が、スエズ地峡を往来したにちがいないのだ。運河の作られたのが一八六九年（明治二年）である。多くの影響を東洋に及ぼしてもいるのだ。このあたりでの戦死者を、時代別にわけて合計したら、面白いのではないかと思う。

非合法ギャンブル。
その日、警察の手入れがおこなわれる。
客のひとり、落ち着いたもの。
手入れのあるほうに賭《か》けていたのだ。

このオチは、わりと気に入っている。なまじっかなことでは、考えつかないのではは。

しかし、前半がこのままではねえ。アンバランスもいいところ。外国でのギャンブルはやったことがあるが、これは公認のカジノ。ひそかになされるギャンブルとはどんなものか、日本にあるのかもしれないが、想像もつかない。

それより、このストーリーの無理は、手入れのあるなしの賭けを、だれが受けつけるかだ。かりにそんなのがあったにしても、そのお客が警察へ密告してから来たのでないとの保証はどうなる。

むずかしいのは、そこなのだ。うまく変形でき、そのあたりのひっかかりのないものに仕上げることができれば、楽しい作品になりそうである。これも、もうちょっとのような気がするが。

ボタンを押すと、オバケが出る。

かつて、こんなアイデアが頭のなかで明滅したことは、たしかなのだ。なんで浮かんだのか、いまとなっては知りようがないが。

幽霊とはその出現まで、やきもきさせられたり、不吉な予兆があったりで、手間のかかるしろものである。もっとも、私はあっさり出現させてしまうことが多いが。

その手間のかかる点がいいのだろうが、たまには思い切って異質なものと結びつけたらどうだろう。

たとえば、ボタンだ。こんな簡単な方法はない。それを押せば、たちまちのうちに出現する。故障のため少しお待ちをということもない。

最初の一回や二回はぞっとするだろうが、そのうち、ばかばかしくなってしまうのではなかろうか。

ところが、そうはならないのだ。このオバケばかりは、何回やっても、すごみが少しもおとろえない。さすがオバケ。

私も作家のはしくれ。そのあたりの理屈は、なんとかつけられる。その装置の発明家が、完成寸前に死んだのだ。それが評判となり、人気の的となり、金が集まるとあっては、死んでも死に切れない。うらめしさはますます強くなる。

傑作かどうかはわからないが、ショートショートとしてまとまったものになるアイデアだったんだなあ。

＊

そのそばには、

百人の泥棒。


と書いて、その上を鉛筆の斜線で消してある。短編集の表題にした作品「盗賊会社」の原型である。思いつくたびにこう書いたり、時には〈集団泥棒〉とか〈確実な強盗〉とか書いているうちに、イメージがまとまっていったのである。

だから、ボタン幽霊だって、時間をかけてあたためておくほうがよかったのかもしれない。しかし、それを言ったら、このエッセーは成立しないわけだし、ボタン幽霊が名作に仕上がるという保証もない。仕方ないところなのだ。

老人と若い女。じつは、若い女のほうが金持ち。

これも同じ紙に書いてあるメモだ。

まさに、単なる思いつき。老人と女となると、たいていは老人が金持ちで、若く美しい女のほうは、いかに巧妙にその金をかすめ取るかである。

徹底的にありふれたストーリー。ありふれすぎていて、しばらくお目にかからないと、禁断症状を起しかねない。

それを逆にしたら、どうなるかである。

老人に金がない。若い美女がお金持ち。それなのに、女が老人にサービスしている。なぜでしょう。

どこかの大学に短編創作法という講座ができ、私がその先生をつとめるとしたら、まず、こういった問題を出し、解答させるだろう。それによって、それぞれの性格もわかるのではなかろうか。

その一。老人もまるで無一文ということもないだろうし、どうせ金をだまし取るなら、資金があってやるほうが、はるかに成功率が高いから。

まさにその通り。正攻法というべきか。結婚詐欺《さぎ》だって、金をかけたほうがうまくゆく。この女性、老人から金を巻き上げることに生きがいを抱いてしまったとしてもいい。

その二。老人が女の弱みをにぎっている。これは考えつく人も多いかな。それでも、どんな弱みかで、話はいろいろと展開する。

その三。やがて老人が死に、女は心からなげき悲しむ。なにしろ、老人は彼女の父親だったのだ。このたぐいのオチになると、プロに近づいたといえそうだ。もっとも、娘を売り出すために、ステージ・パパとして苦労したとでもしないと、金の説明がつかない。

以上、いずれもミステリー的な形である。これは私見だが、SFを書くのでも、ミステリー的な話の作り方を身につけておいたほうがいいのである。

その四。その老人は福の神である。こうなって、やっとSFと幻想の分野となる。福の神に財産などいらないのだ。連想がこう展開するようになれば、あとは自由自在。その三までより、ひとつ飛躍したわけである。

あまり金銭にこだわるのもなんだから、女の願いをすてきな男性との恋にしてもいい。とするなら、老人の正体をキューピッドにすればいい。

老人をサンジェルマン伯爵《はくしゃく》にするのはどうだろう。歴史のなかを永遠に生きつづける伝説的な人物である。女を引きつける催眠術ぐらいお手のものだ。金を持った美女に目をつけ……。

いじりようによっては、わずかな字数のメモが、とめどなくふくらむ。

殺人をして帰宅。被害者の霊魂が、その子にのり移っている。そして、まさかと思う方法で殺される。かたきうちなのだ。

正確には、かたきうちでなく、のろいであろう。冷酷な殺し屋も、予期せざる最期《さいご》をとげる。なげく妻。

すごみのある話になるだろうな。なぜ、その段階でやめたのかというと、落語の「もう半分」そっくりではないか。まったく、あれはよく出来た怪談だ。ここでは紹介しない。その気になれば、読むことのできる話である。そうしてこそ、小説づくりのこつも身につくのだ。

古典落語は作者不明だし、舞台を現代にし、気づかれぬようにストーリーを変えればかまわないと思うが、知りつつやるのは、気が進まない。

架空のスパイ組織。

この文字からは、ありもしないスパイ組織のことのようだ。そういう名前をちらつかせ、金を得るのに利用するというのは、よくある話だ。それではしようがない。スパイが目的なのかどうかは不明だが、組織がある。いまのところ、なんにもしないし、なんの動きも示さないが、機能する力を持った組織が存在している……。

そうだ。似たような話を、少し前に書いたばかりだ。「メモ」という短編である。このころから頭の片すみにひっかかっていて、それがなんとかものになったというわけか。短編ひとつだって、作品となるのに、これぐらいの年月を要することだってあるのだ。

いったい、いつのメモなんだい。こう反問されたら、普通だとなんにも答えられない。しかしこれは珍しく手帳に書かれたものである。外出先で思いつき、手帳にメモし、帰ってから切り抜いたのだろう。

3月10日（金）とある。そして、翌11日のところには新月（13.30）旧2月1日と印刷されてある。なにかで調べれば何年前かわかることだろう。

てをくれなど

私の短編「四で割って」が小三治《こさんじ》さんによって落語としてレコードになることになり、先日、その録音に立ち会った。ギャンブル好きの四人を扱った話である。聞いていて、途中で「あっ」と思った。前号のメモで紹介した、警官の手入れのあるほうに賭《か》けるというのを、そのなかで使っていたのだ。

ストレートにではない。ホテルのドアがノックされ「ボーイだ」と「女の従業員だ」と「部屋をまちがえたやつだ」と三人が主張し、あとのひとりが「それ以外」に賭ける。あけてみると警官で、最後のやつが勝ったと喜ぶのである。

すっかり忘れていた。副次的なものにふさわしいアイデアだったのだ。あるいは、こう使っていたので、無意識のうちにブレーキがかかり、作品へ発展しなかったのかもしれない。

ゲームマシン。飛行機、戦車などをねらって撃つたぐい。それに熱中し、いつのまにか兵士に仕上げられる。

その引金のあたりと、測定機とを連結させておく。やっている人の熱中度がわかるのである。それによって人の選別がなされ、さらに戦闘のスリルの味わえるゲームマシンへと誘導していき、実戦用の兵士にしてしまう。

なんとかなりそうだと思っていたが、ある雑誌で山田正紀《まさき》の短編「コインをもう一枚」というのを読んでしまった。ゲームマシンがテーマとなっている。結末ははっきり書かれていないが、ムードは私の考えていたのと似ている。こうなっては、もうご用ずみ。

核戦争で生き残った村。まわりは廃墟《はいきょ》。
そとへは出られないようになっている。
じつは、トリック。かくしカメラで、ひそかに観察されている……。

核戦争後に人類がどのような思考や行動をとるかを調べる研究なのである。もっとも、何十人かの人間をつかまえ、なんらかの方法で記憶を奪い、核戦争があったのだ

という意識を植えつけなければならない。当人たちにとっては、ひどい話だが。じつは、本当に戦後で、のぞいているほうが狂っていて、その現実をみとめたがらない。そんな結末も書き加えてあるが、なにかものたりない。

このテーマとイメージが好きで、二枚のメモをホッチキスでとめてある。さがせばもっとあるかもしれない。しかし、いじりすぎたせいか、どうにもふくらまない。

ところが、新井素子《あらいもとこ》の「大きな壁の中と外」という中編を読んでみると、こうい状況とまともに取り組んだ作品であった。かくしカメラは出てこないが、核戦争で残った囲いのなかの村を舞台に、私が書こうかなと思っていた以上のことを盛り込み、ものにされてしまった。

やれやれである。これもておくれ。こんなような事情で抹消されるメモも、時たまあるのだ。しかし、残念無念という感情にはならない。あらかじめ覚悟している。私の作品を読んで「これ、書こうと思っていたのに」と言う人もあるだろうし、仕方ないのだ。

これが長編作家で、なんとか構想がまとまった時に、他人に似たようなのを発表されたら、さぞがっかりだろう。運よくかどうかわからないが、私は短編作家なのである。

使用ずみではないが、もはやそれと同様。べつの封筒に移そうとメモを読みかえしたら、こんなことも書いてあった。

相続税を取るため、国家が金持ちの老人を殺すのを手伝う。
長命時代。

核戦争とはまるで関係のないアイデアだ。あやうく葬《ほうむ》りさられるところだった。しかし、そう惜しがるほどのしろものでもなさそうだ。

国庫収入において、相続税がどれくらいの比率を占めているのか、まず調べなくてはならない。たいしたことは、ないんじゃなかろうか。

しかし、そもそもはフィクションなのだ。筆力さえあれば、そして未来を舞台にすれば、いちおうは読めるものになるかもしれない。そして、国家とは、せっぱつまるとこんな手段も取るのかと、強烈な印象を与えられるかもしれない。

これに執着しないのは、殺人シーンの描写がいやだからともいえる。信条でもタブーでもないのだが、苦手なのだ。

現実に政府が金に困ったら、紙幣を印刷すればいいのである。だから、インフレは殺人や強盗と同列の犯罪と思うのだが、だれもあまり論じない。このほうがSFになりそうだ。

世界の人口が年に何パーセントかでふえつづけると、そう遠くない未来において大変なことになる。いまさらというほど、何回も聞かされ、読まされた。それなのに、それより高い率で経済成長と物価上昇がつづくとどうなるのだ。その分野の人は、だれも論じない。あいにくと、私にはわからん。もう、なるようになれだ。

＊

つい先日の私の体験。

夏の日の夕方ちかく。書斎にいていやに眠くなってきた。何回も書くことだが、私はいざ正式に眠ろうとしなければ、たちまち眠りにつけるのである。

横になって、うとうとする。早くいえば、短い昼寝。目ざめた時、ひとつの文句が頭に浮かんでいる。

アンプロンプテュ。

impromptu

と書くらしい気がした。そばの新聞のはじにメモしておいた。聞いたことはあるようだが、どんな意味なのか、ぜんぜんわからない。なぜ、こんな語を思いついたのだ。神のおつげではなかろうか。スペルが正しいのかどうかもわからない。

そこで、とにかく辞書をひいてみた。その時の私の妙な気分といったらなかったね。意味をご存知でなかったら、英和の辞書をお引き下さい。

思いつきとかアイデアとかは、どんな形で出てくるものか、見当もつかない。


さかさま童話。

マッチ売りの中年男など。


くだらぬ文だが、これを書いた時には、それなりのなにかイメージがあったのだろうな。パロディの一手法に、名作の主人公をがらりと変えてしまうというのがある。そんなことからの発想であろう。たいした話にはなりそうにない。

少し、いじってみるか。ただの中年男ではつまらない。ひとつ、時代設定にくふうをこらし、明治の初期にしてみるか。

いわゆる士族の商法。一時金によって地位と定期的な収入とを失った殿さまが、道ばたに立つのだ。

「おいおい、そこな町人、足をとめられよ。これはな、マッチと申す品。文明開化の世では、こういうもので火をつけるのじゃ。安くしておく。買うがよいぞ。いやだと申してみよ。手討ちにいたす」

それが、なんと大繁盛《だいはんじょう》。

百科事典のマッチの項目をひき、日本のマッチ産業の発達史の部分を読んでしまった。こんな機会でもないと、知らないままでいたわけだ。

時代的に、ちょうど一致する。まじめに取り組めば、興味ある読物になりうる題材だったのかもしれない。もっとも、私むきの分野ではないようだが。

ガス器具は自動点火式になった。タバコはライターを使う人が大部分だろう。いまやマッチは、銀行とバーの宣伝ビラになってしまった。最近の子供、マッチで火をつけられるのだろうか。

このメモの、なんということのない二行の文字も、その気になるとこれだけのことを考えさせてくれる。

＊

これも同じメモ用紙に書いてあったもの。内容はぜんぜん関連がない。

霊媒を業とする男がいる。そこへ、いいとしの女がやってきて言う。

「死んだ亭主を呼び出してちょうだい」

「はい。なんとかやってみましょう」

もっともらしい手順をふんで、なんとかそんな状態になる。客の女が話しかける。

「あなた、ねえ、あの長男の孫がね、成績はいいんだけど、悪い友だちがいてねえ。あなた、どうしたらいいと思う。あたしは思うんだけどね……」

会話をかわしたあと、満足して帰ってゆく。

つぎにやってきたのは男性の客。

「なかなかの評判ですね」

「おかげさまで、なんとか」

「ひとつ、お願いしたいんですが」

「お知りあいのかたがですか」

「いや、わたしです。死んだ妻を呼び出して下さい」

「困りましたなあ。どこか、ほかへいらっしゃったら……」

「評判を聞いてここへ来たのですよ」

「女性のあいだのでしょう」

「男では、いかんのか」

「そうなんです。なにかトラブルに巻き込まれ、なくなった奥さんの知恵を借りたいんでしょう」

と霊媒師が言うと、客はうなずく。

「そんなところです」

「でしたら、なおさらだめです」

「いったい、なぜなんだ。男の客はだめで、女の客ならいいとは」

「女のかたが相手でしたら、適当に、はいはい、と言っていればすむのです」


メモも、長いのがいいとは限らない一例。なぜこんな話を思いついたのかとなると、ある程度は思い出せる。かつて熱中して収集していた、アメリカのヒトコマ漫画である。

おしゃべり夫人と、いやおうなしに聞き役にまわっている亭主。こういう分類をすれば、驚くべき量になる。孤島に漂着しても、天国へ行っても、夫人はべちゃくちゃ、亭主はうんざりである。

それならば、こういう霊媒業だって成り立っていい。というわけで、荒筋を作ってみた。しかし、どうもぴんとこない。日本人むきかとなると、首をかしげてしまう。日本の一般的な家庭がどうなのかは知らない。だが、国産のヒトコマ、あるいは四コマ漫画のなかで、おしゃべり夫人を扱ったのは、ないといっていい。

つまり、作品にしてもだめなのだ。このメモはこれ以上読みかえしても意味ないので、ここに紹介しておさらばにする。

＊

作品中に私がしばしば登場させるものをあげれば、薬と装置であろうか。ショートショートのなかで、つい使ってしまう。取り出したメモ用紙のなかには、装置を三つも並べて書いている。

変装機。
当人そっくりに変装して侵入。

安易もいいところ。こんなものが出現したら、推理作家は困るだろうなあ。他人の奥さんと簡単に関係できるし、なんでもできてしまう。もっとも、変装判別機が普及するまでのことだが。

スパイを呼ぶための、インチキ装置。

どの程度にインチキであればいいのか、そこがむずかしい。スパイが乗り出したくなる、いかにも製造可能らしきものでなくてはならない。それでおびきよせ……。いっそのこと、もっと単純化するか。ネコはマタタビのにおいで集ってくる。スパイの訓練というものは、どこも大差ないものではなかろうか。その体験者をひきつける、においなり、音波なり、そんななにかができたとする。

そんなにスパイを集めてどうする。洗脳機で味方にし、世界征服……。

まったく、安易だね。

ある星を発見。そこへ着陸。

じつにすばらしい星。花咲き、鳥うたい、青空に、そよ風。こんなにいごこちのいい星があったとは。

歩きまわっているうちに、妙な装置を発見。なんだろうといじっているうちに、こわしてしまう。

雷雨、台風。そうでないところは乾燥のため砂漠化。

気象調節装置をこわしてしまったのだ。


いくらか、ましかな。しかし、その装置はだれが作ったのかとなると、やっかいだ。そりゃあ、やってできないことはない。ある星系の保養地だった。宇宙の不動産屋がその説明をしなかった。とかなんとか。

しかし、このラストは読者にかんづかれやすい。途中をすっきりさせたいのだ。作品に仕上げるのには、妙なところに苦労がある。

こうなったら、へたにいじりまわさないほうがいい。この骨格のままで、舞台や性能を変えるという手があるのだ。どんなふうにかは、職業上の秘密。

べつに極秘というわけではないが、それをやるには、かなりの枚数がいりそうだ。また、こつのようなもので、かなり短編を読んでいる人でないと、わかってもらえない。世の中には安易でないものも残っているのだ。

＊

暑い夏のせいか、妙なことが起る。中学生らしい男の子がやってきて、玄関で立ち話。昔でいえば、問答といったところか。こんなことを言う。

「宇宙は有限と思いますか」

「思わんね。宇宙空間は無限だよ……」

アインシュタインの説ぐらい知っているが、毎回それを支持する義理はない。私は学者でなく作家なのだ。仕事を中断させられ、いささかきげんも悪い。こうつけ加えた。

「……時間に終りがあると思うか」

なんとか帰っていった。なにげなく言ったわけだが、時間の果てはどうなっているのだろう。宇宙のあらゆるもの、宇宙無限論をとればある範囲内の空間でとなるが、そこのすべてが動きをとめれば、時間は停止、時の終りということになるのだろうか。

しかし、動いてはいないといっても、水素原子ひとつがあったとする。そこでは、原子核のまわりを電子がまわっているわけだ。ということは、動くものが存在し、まだ時間も流れているとなるのかな。

そのへんになると、おれにはさっぱりわからん。他の連中も同じだろう。終りはなく、いつのまにか最初につながるというのも一案だが、よくある話。なにか、あっという説は作れないものか。


下等生物の脳を集めるか、人工培養によってふやすかする。


人類がいばっていられるのは、脳細胞の数が多いかららしい。それなら、なんらかの方法である種の生物の脳細胞を組み合わせれば、数の点で追い抜けるわけだ。統一性ということに欠けるかもしれないが、なんらかの形で、とてつもない能力を示すのではなかろうか。巨大精密コンピューターより、はるかにぶきみである。

あれよあれよといった、すごみのある展開を思いつければいいのだが、なんにも浮かんでこない。筆力のなさをなげくこともあるが、これに対しては特にそんな気はしない。アイデアが飛躍しすぎてるのだ。

いっそのこと、環境保全装置の中心部分にでも使ってみるか。案外、うまく働いてくれるかもしれない。理由はない。なんとなくそう思えるのだ。しかし、小説にするには、それでは物たりない。その前の、もうひとひねりが必要である。


映画によるギャンブル。

上映の途中、明るくなり、一時中断。

主人公のうち、だれが生き残るかを当てる券を売る。死ぬ順序についてでもいい。的中すると配当金がつく。観客は熱中する。

ストーリーの一例。

宝さがしの冒険。人物、五人。

男。現地の案内人。老人。青年。

女。気の強い美人。おとなしい平凡な女。


こういうのを考えた人は、いままでになかったのではなかろうか。これを小説でやったらどうかと思った。もっとも、推理小説では犯人当て懸賞というこころみが、すでになされている。そのへんがきっかけとなってであろう。

世の中には、論理的な推理を好まぬ人だっている。なんとはなしに当てるほうが肌に合う人だっているのだ。

途中までのストーリーは、なんの手がかりにもならない。老人だから死ぬ率が高いとは限らない。君子あやうきに近よらずで、助かるかもしれない。美女だって同様。普通なら、あわやという時に助かるが、この場合、そういう保証はない。

作者がある額の金を雑誌社にあずけ、読者を相手に、この勝負をやったらどうだろう。読者も券を買って、それに加わる。おたがい、裏の裏を考え、知的ゲームが展開される。その金はあくまで作者が出すべきである。

虚々実々。何回目かには、まさに見当もつかないストーリー展開になるだろう。まさかという事故が発生したり、平凡そのものの話に戻ったりする。作家も真の実力がついてくるのではなかろうか。いままでの小説とは、まったくちがったものが出現するかもしれない。

小説でやれるなら、映画でもだ。許可がとれるかどうかわからないが、それが実現したら、映画館も活気を取り戻すことだろう。登場人物がひとり死ぬたびに、歓声が場内にひびきわたる。もっとも、問題は上映までの秘密保持である。また、一回上映したら、それで終りじゃないかともいえる。

そのため、後半部分を何種類も作って、どれが使われるかは、券の発売が終るまで関係者にもわからないという方法も考えられる。

　まあ、未来には、こんな娯楽も出現するのではというわけである。テレビにも応用できる。受像機についているいくつかのボタンを、これはという順序で押せば、賭《か》けが成立する。みごと的中すれば、テレビから貨幣がざらざらと流れ出て……。

　だれもが、それにうつつを抜かす。ブラッドベリの「華氏四五一」が映画になったが、そのなかに登場させたいような感じである。

　あの映画、なかなかよかったが、ＳＦというのは映画化すると、どこかにあらが出てきてしまう。

　テーマは、テレビ全盛の未来社会。書物は存在を許されず、そもそも活字や文字さえ禁止。読書しなくなる傾向への警告である。人びとは、テレビと共生。

　それはいいのだが、テレビ番組表なんか、どうなっているのだろう。ドラマの台本はあるのだろうか。主人公が漫画新聞を見ているシーンがあったが、せりふはどうなっているんだろう。指先でこすると、声が出てくるのかな。

　話がこみいってきた。わかりにくい内容だったら、あやまります。

筋骨りゅうりゅう仕上げをごろうじろ。

「いのち短し、たすきに長し」にはじまったSF界のナンセンス文句あそびが、かくも流行するとは思わなかった。

悪い気分ではないが、こうなっては、もう新しいのを考え出す気は、ぜんぜん起らぬ。このメモのも、そのむかし、なにげなく書きとめておいたものである。いまの人には、通じないだろうな。ボディビルの広告文と思われるのがオチだろう。

予言者は、実現までは信用されず、実現したら無価値になる。

これも、ふと思いついて書きつけたものらしい。ガーンズバックはSFのなかで、さまざまの品の出現を予想した。驚くべきことなのだが、アメリカはいざ知らず、日本ではさほど評価されていない。作品としての完成度に問題があるせいもある。そもそも、近未来物は……。

そう論じようと深く考えてのメモではない。こういう見方もあろうといったほどのことだ。


不老不死の時代が来る。

かえって命が惜しくなる。

事故に対する、必要以上の注意。


説明不足かもしれないが、お読みの通りの内容である。いかなる病気によっても死なない時代となる。医療の進歩だ。しかし、事故だけは、手のつけようがない。がけから足をふみはずして落ち、首の骨が折れれば、それで終り。

いまの私たちは、さまざまな交通機関を利用している。いずれも事故の可能性を持っている。しかし、それでも利用するのは、うちにじっとしていたって、病気で死ぬことだってあると、内心で考えているせいでもある。

それが、病気はすべてなおる時代となったとする。事故に対する感覚が一変するのではないだろうか。それで死ぬぐらい、ばからしいことはない。神経質なほど注意をする。

これは、作品になるアイデアだったようだなあ。また、やってしまった。

外出の時は、重装備である。小型レーダーを身につけている。なぜなら、いつビルの上からなにかが落ちてくるかわからないからだ。服は防弾性の布地。ピストルの撃ち合いの流れだまに当って死んではつまらない。

といったぐあいに、さまざまな対策を並べたてれば、短編ができあがる。そして、完全と思いきや、まさかのまさかの事故というラストにすればいい。

しかし、ここまできてしまうと、もう考える気がしない。なぜいままでほっておいたのだ。自己の不明以外のなにものでもない。

セメダイン。

毎晩、くりかえし同じ夢を見る。たいした夢でない。接着剤によって固定されてしまったのだ。

もう、ずいぶん昔になる。接着剤メーカーのＰＲ誌に、ＳＦ作家が一編ずつショートショートを書かされた。その時のものだ。夢が固定化してうんざりというのは、そう悪くないアイデアのようだ。

しかし、ＰＲ誌となると、苦痛を連想させる作品は好ましくない。かまうことはないのだが、私は気がやさしいのだ。この時は、侵入した泥棒の足を床に接着させるという話を作った。

筒井さんの短編集にも、接着剤テーマのが収録されている。後世のSF研究家は、いかなる一致かと首をかしげるだろうが、実情はこうなのだ。

扱い方の制約、きめられた枚数、それらにしばられながら、なんとか書いていた時期もあった。一種の修行にもなったようだ。原稿料をもらいながらだから、とくをしたといえるかもしれない。少なくとも、私に関しては。

そういえば、ある週刊誌の見開き二ページを使い、某建築会社がスポンサーになり、未来の建物をテーマに、SF作家たちが書いたこともあった。私は最初か二番目。原稿を送る時、いやな予感がし、

〈イラストでオチを割らぬよう〉

と注意文を書きそえておいた。それなのに、みごとに、ごていねいに、ラストの図解をやられてしまった。私ばかりでなく、全員がである。

高度成長期とはいえ、スポンサーは大金を捨てたも同然である。こんなことがつづくと、しだいに意欲がそがれる。PR誌もへってしまった。PR誌からの注文はなくなったし、あったとしても、もう書くつもりはない。

しかし、回想してみると、PR誌とショートショートとの関連は、わが国のSF史

の上で、記録にとどめておくべきことだろう。外国にこんな例はないのだ。

プラシーボ製薬会社。

またも薬だ。なにかというと、すぐ考えがそこへ行く。

プラシーボとは、いまさら説明するまでもないと思うが、なんにも有効成分を含まないものを「これは強力なききめのある薬」と称して飲ませると、何十パーセントかの人が現実に快方にむかう現象である。

興味をそそられる。これについてのデータをまとめた、わかりやすい解説書は出ないものかと待ちつづけである。

私の不眠症も、たぶんプラシーボ剤でなおるはずだ。能力だって開発されるだろう。また、奇跡や奇現象と呼ばれるもののなかには、自己暗示で解釈できそうなのが多い。なにか有益な活用法があるはずだ。

国が新しい医薬品の製造販売を許可する場合、患者を二組に分け、新薬とプラシーボ薬とを使用し、新薬のほうの効果のパーセントが上まわっていないとだめなのだそうだ。もっともなことである。

一方、問題もある。なにかで読んだことだが、フグ中毒にきく薬品、それも容易に入手可能な薬品があるという。しかし、プラシーボ・テストができない。何人かをフグ中毒にし、二組に分けてそれをやるわけにはいかないからだ。そのため、いまだに公認されていないとか。

プラシーボ現象は面白いが、実際にテストをされる身になると、いやだろうな。医師の言うことだからと信用して、成分のない薬を飲みつづけるのである。

うまく秘密は保たれているわけだろうが、だまされていたと知ったら、頭に血がのぼるだろうな。このカルテを盗み出し「金を出さないと患者たちに知らせるぞ」と病院をおどす事件なんかも発生するだろう。

なぞに包まれている。

現在とは、ただのテレビ画面にすぎない。

時には私も、こんなむなしい気分になることもあるのだ。とくにテレビの回顧番組なんかを見ていると、なつかしさも感じるが、現在もいずれはあんな程度に回想されるものになってしまうのだなあと思ってしまう。

そんなテーマで二編ほど書いたようだが、これを徹底的にとりあげたらどうだろう。書いているうちに、気が沈んで、宇宙空間をさびしく漂っている心境になるだろうな。読んで自殺する人も出たりして。

*

すでになにかで書いたような気もするが、思い出せない。重複になるかもしれないが、ここに書いておく。

脱出的ティーチング・マシン。ひとつの問題をとくと、ピーンと音がし、カギがひとつはずれる。全部がとけると、解放される。

つまり、ティーチング・マシンと檻《おり》とが組み合わさっているのだ。努力と解放感との結合でもある。

脱出的事務マシン。

会社における光景。なすべき仕事をすませると、そのマシンが帰宅や休暇を許してくれるのである。

やりとげるという行為と、自由の味。こういう装置できたえられると、効果や能率もあがるのではないだろうか。

そして、人生からも早いところ脱出してしまおうと……。

このラストを書いたおぼえはないのだが。

吸血鬼。

麻薬をやっているやつの血を吸う。味をしめ、中毒となる。もっともっとと、夜な夜なうろつく。

またまた薬だ。私も一種の中毒なのかもしれない。

しかし、麻薬と吸血鬼の組み合せは、まだないのではなかろうか。もともと吸血鬼には、血液中毒の患者みたいなところがある。くどくなるかもしれない。

これも、ショートショートにはなったかもしれない。

同じ麻薬でも、国によって好みがちがう。アメリカはモルヒネが多いが、日本では圧倒的に覚醒剤《かくせいざい》が多い。覚醒剤の作用を受けた吸血鬼は、昼間も活躍するかもしれぬ。アル中もふえているらしいし、現代によみがえると、いろいろと危険が待っているのだ。

＊

麻薬のテーマのメモは、まだあった。もっとも、これは推理小説。

麻薬患者をビルの一室にとじこめる。水や食料は充分。
「どうしても薬が欲しかったら、となりの部屋にとりに来い」
患者、禁断症状にたえられなくなり、窓から出て、となりへ移ろうとする。
落ちて死ぬ。

これが犯罪になるかどうかである。あいつをなおしてやろうとの親切心で、部屋にとじこめたのだと主張したら、どうなるか。もちろん、隣室に麻薬はない。くわだてたやつは、その時は別の場所にいる。

法律にくわしい人に聞こうと思いつつ、いまにいたってしまった。計画的に中毒させてからこうやったら、完全犯罪になるのではなかろうか。

しかし、ねえ、こんなことをくわしく書くと、本当にやるやつが出ないとも限らない世の中だからなあ。ＳＦを読んで、つい世界征服に手をつけたというのはなぜかいないのに。

地下鉄など

なぜ私が、頭に浮かんだことをメモする習慣になったのか。そういう性格だからと片づければ簡単である。あるいは遺伝かもしれない。亡父も、なにか思いつくたびに、すぐ手帳に書きとめていた。

思い当るのは、もうひとつ。一時期、太宰治《だざいおさむ》の作品を好んで読んだものだ。彼の短編に「ア、秋」というのがある。いい題だ。アは感嘆の意味を含めているが、アイウエオのアなのである。

作家というものは、いつどんな注文があるかわからない。それに応じられる準備が必要である。たとえば「秋をテーマに」とたのまれたとする。ノートのアの部分の、秋の項目を開けばいい。といった出だし。

そして、秋についての、いかにも太宰的な感覚の短文が列記してある。そんな構成の、ごく短い作品である。自分でも、なぜこんな文をメモしたのかわからないとも書き加えている。

プロの作家となると、ああいうことをしなければならないものかと思った。それが先入観となっている。

「二十世紀旗手」の末尾にもそんな表現があり「懶惰《らんだ》の歌留多《カルタ》」も似たような作品である。かなりのメモ魔だったようだ。しかるに、死後、太宰治全集が刊行されたが、そのたぐいは収録されていない。

大量のメモが残っているにちがいない。しかし、判読不能だったり、意味不明のものも多く、活字にしようがなかったのだろう。メモとはそういうものなのだ。

そもそも太宰は、長編むきの作家ではないのだ。新聞連載など引き受けないで、メモを引用しながら、こんなふうなことを書いていれば、死なないですんだろう。

＊

話題を一変。このあいだから、妙なことが気になりはじめた。地下鉄の駅の人は、最終電車の出たあと、なんで帰るのかである。なにも地下鉄に限ったことじゃないけど、私はもっぱらそれを利用しているのだ。

好奇心の一例である。これに関しては、読んだことも聞いたこともない。秘密事項なのだろうか。

先日、銀座で飲み、地下鉄で帰った。いつもは最終のひとつ前のへ乗るが、かけ出すこともあるまいとゆっくり歩き、乗ったのが最終。都営浅草線は車体がきれいで、すいており、駅の人たちも感じがよく、好ましい乗り物である。

戸越《とごし》駅で下車。逆方角の最終はすでになく、ホームの片側の照明は消してある。私は降りた客のいちばんあとから階段をあがった。ホームの照明がすべて消えた。

その作業をやった人が階段のところへ来たので、私は聞いてみた。

「妙なことをおたずねしますが、あなたがた、これからなんで帰宅なさるのですか」

まさに、いいチャンスである。その人は親切に教えてくれた。

「ここに宿直室があるのです。そこへとまり、朝の始発の仕事をやります」

そうであったか。それらしきところが目につかないので、想像すらしなかった。たぶん、切符を扱う事務室の奥あたりにあるのだろう。地下に宿泊というのが、思考の盲点になっていた。また、帰宅のことばかり気にしていたが、始発の仕事をする人がいなければならない。

ひとつ、利口になった。小説で駅員を主人公にする時、早朝に専属のハイヤーが迎えに来て、夜の帰りもハイヤーと書いてしまうところだった。まさか。

しかし、始発の前、最終のあとに、関係者のための車両が走ってると話したら、本当と思う人もいるだろう。地下鉄だから、見えないし。

＊

そんなことより、メモの紹介だ。まもなく終る。出し惜しみと思われてもしゃくである。

> ほれ薬。体質化。
> つまり、むやみやたらと、もてる男。どこへ行っても、女に引っぱりこまれ、そこに住みついてしまう。
> しかし、やがてべつな女と、かけおち。よその土地へ移って暮す。
> そして、ついふらふらと、女の言うがままになる。
> 毎回うまく利用されてしまうのだ。

赤鉛筆で、点が打ってある。ものになりそうだというマークなのだ。かなり、いじりまわしたあとがある。

ほれ薬の成分を汗として出す体質というのが、もてることの理由。このへんはどう

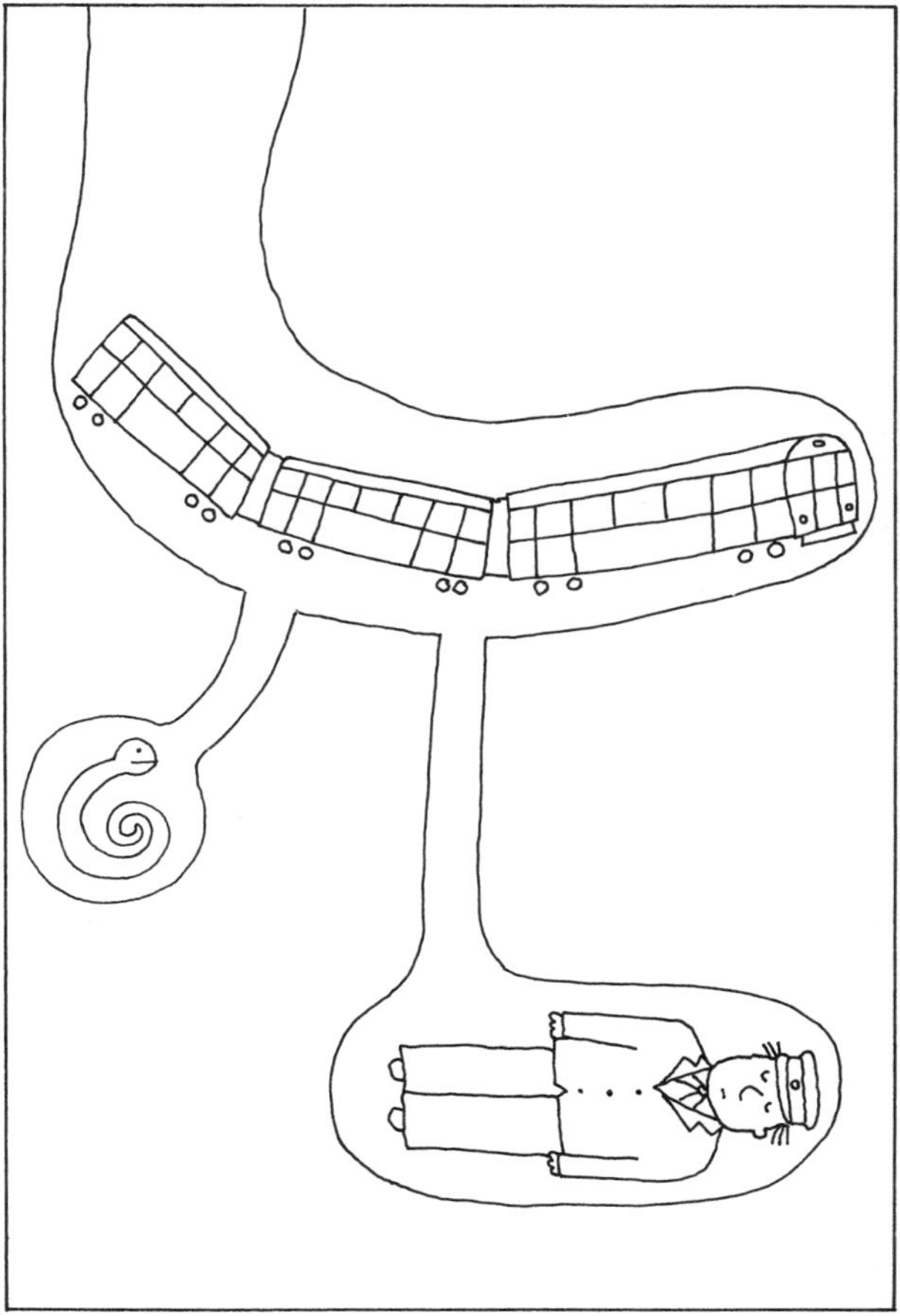

でもいい。

わけもなくもてる男というのは、加藤芳郎《よしろう》の漫画「モテモテおじさん」という前例がある。その亜流では意味がない。

そこで、ひとくふう。もちろん、本人は悪い気分ではない。しかし、もてはするのだが、結果的に女に利用されてしまうのである。

女たちも、故意にそうしようというつもりではない。ゆるんできた釘《くぎ》を打ちたいなと思った時に、金づちを見かける。この小さな字はなんだろうと気になった時に、ルーペを見かける。

そんなふうの必要に応じるような形で、その男が現われてくるのである。それまでの女にとっては、ご用ずみといった形なので、しいてひきとめようとしない。

落語風SFに、といった書き込みもある。つい声をかけたくなり、たのみごとをしたくなる男。やはり、SFだろうな。

いまだったら、なんとかそんなタイプの人物を作れそうだ。しかし、利用のされ方を何種か並べなくてはならない。最後の悲劇的なのは簡単に思いつけそうだが、その前の三例ぐらいが、意外とやっかいなのではなかろうか。

これ一作に賭《か》ける気分で精神を集中すれば、ものになるだろう。しかし、たくさんのメモの一枚である。なにも、そう無理をすることもとなってしまう。よくないんだろうな、こういう傾向は。

ある小さな町。

そこに住みついている男。そのうち、そこを脱出したくなる。よその町だって、見てみたいものね。ここがきらいというわけじゃないが。

北への道をたどる。なぜか、急速にとしをとってゆく。どうもおかしい。町へとひきかえすと、若がえり、もとの年齢に戻る。

南への道を進んでみる。こんどは逆に若くなる一方。ある地点で、ついに幼児になり、歩けなくなる。仕方なく、戻る。

東への道。としの変化はないが、からだが巨大化し、みっともないほどになる。

西への道。小型化する。

秘密の小道を発見。女になる。

「プリズナー」というテレビ番組があった。海岸ぞいの小さな町に連れてこられ、どうしても逃げ出せないドラマである。それを見ながら思いついたのかもしれない。

シュールな詩人あたりが書きそうな話で、私むきではないようである。また、このラストが疑問だ。ついに脱出できないというのでは、ものたりない。そこで、女性になるとしたのだろうが、脱出はできるし、戻ればもとの男性になれる。けっこうなことじゃないか。

それでは困るのである。もうひとつなんとかしたい。そこがどうにもならないのだ。怪物に変身とするか。それもまた面白いぞ。そういう方向へ発展させるべきアイデアなのだろうか。


一団の若者が押しかけてくる。

その家の主人、応接に迷う。若者たち、口々に叫ぶ。

「自己批判しろ。なにかやっているはずだ。体制への奉仕者め。それを言うまで、許さない」

えらいさわぎ、どうやら、本当に革命がはじまったらしい。となると、社会は一変するのだ。しゃべっても、かまわんのかもしれない。

「わかった。じつは、銀行強盗をやった。金融資本の手先を出し抜いたのだ。いくらかは使ったが、残りは、きみたちのための資金に提供しよう」

そのとたん、相手の連中、わっと飛びかかってくる。
「やはりそうか。われわれは警察の者だ」

いまの人にはわからぬだろうが、一時期、大学紛争なるものが流行した。まさに流行で、どんな必然性があったのか、まるでわからない。だれかれとなくとっつかまえ、自己批判を迫るのである。中国の文化大革命の影響だったようだ。日本のみならず、世界的に流行した。熱しやすくさめやすいのは、人類共通の特性かもしれない。

そのパロディみたいなストーリーだから、そう惜しがらずに公表できる。もはや古いのだ。しかし、考えてみると、テレビ映画の「スパイ大作戦」というのに、ありそうな話でもある。その道のプロが数人でチームを作り、狙《ねら》いをつけた相手をだますのである。中南米の小国の元首を失脚させるなど。

殺さない幽霊。
うらみを抱く幽霊。相手を殺さず、いつまでも生かして苦しめる幽霊。
それにとりつかれた男。

メモをうつしているうちに、書いたような気がしてきた。調べたら『安全カード』に収録した「めぐまれた人生」の原型であった。もうひとひねりしてある。

かなり前に思いつき、無意識のなかでいじっているうちに、ものになった一例である。それがいちばん理想的なのだ。

写真をもとに、絵を描く装置。
ルーベンス風、写楽風、ピカソ風など。

こういうものは、将来、出現が可能であろうか。画風というものは、分析でき、コンピューターに入れられるものだろうか。

この発明者がなにげなく人に話し、そいつに殺される。画家、あるいは画商だった。そういうオチも考えられるが、昔ならいざしらず、いまではね。

そういえば、ダールに「偉大なる文章製造機」という短編があった。小説を書く装置である。どこがいいのか、わからん。日本むきでないようだ。

共同作業、あるいは秘書を使い、エージェントが介在し、タイプライターで作品を書くのが普通の、アメリカならではの話だろう。

ある星。遠くからだと、魅力的に見える。何人も探検隊が出かけたが、帰ってきた者なし。いごこちがよく、いついてしまうのか。

ひとりの男。小型宇宙船に乗って、その星へと出かける。大歓迎を受ける。いたれりつくせり。たしかに、いい星だ。

「おもてなしはうれしいが、わたしは、それほどの者では……」

「いえ、これには、わけがありまして」

「なんです」

「あなたは、ちょうど一万人目の来訪者なのです」

「そうでしたか。で、ほかの連中は……」

「とっつかまえ、どれいとしてこき使いました。危険な作業ですので、たいてい、まもなく死んでしまいました」

作家になりたてのころだったら、仕上げて雑誌社に渡していたかもしれない。しかし、これもいまとなってはね。

一万人目の歓迎というオチは、そうそう使うわけにはいかないのだ。いかなる奇妙な事態も解決できる、万能の手である。使うとしたら、ここ一発という場合でなくてはならない。

この前半がそれに当るかどうか。当ってたら、大きなミスだ。一万分の一の生死を分ける幸運というわけで、ていねいに仕上げたら、ぞっとする効果はありそうだ。

夢の光景をとるカメラ。

だれもが考えそうな気がするが、これの出てくる作品を読んだ記憶がない。だからこそ、メモに書いたのだ。しかし、平凡なアイデアのようだし、だれかが書いているようにも思え、ストーリーに発展しなかった。

カメラをテーマにとの依頼のあった時のもののようだ。魔法とカメラの組み合せといった、たあいない書き込みも、そばに並んでいる。犯罪防止用のカメラなども書いてあるが、ビデオがこう普及した時代になっては、古びたしろものである。

夢を撮影。扱い方で、なにかものになりそうな気がしてきた。あきらめかけると、いつもそうだ。

夢の話は、いろいろ思いつく。夢テーマのものだけで、私の場合、一冊の短編集ができるかもしれない。これも、そのひとつ。

＊

なに不自由ない男。やってきたセールスマンが言う。

「おそらく、なんでもお持ちでしょうし、たいていのことはお楽しみになられたでしょう。しかし、すばらしい夢というのも、たまにはいかがでしょうか。しかも、かなり強烈なもの……」

「それはいい。たのもう」

かくして、眠りにつく。しかし、期待に反し、夢のなかまで期待が持ち込めるかどうかはわからないが、とにかく、もう、さんたんたる目に会う。しかも、リアルなのだ。敵に追われ、熱帯のジャングルを逃げまわり、あげくのはて、つかまる。

同じようにつかまった連中への、拷問《ごうもん》、処刑を見させられ、順番がしだいに近づく。

そこで目ざめる。
「あ、夢か。よかった」
「いかがです。こんなにほっとなさったことなど、めったにないのでは」
「たしかだ」

似たような話を以前に書いたかどうか、記憶があやふや。かつては、自作なら細部にわたって覚えていると威張っていたこともあったのだが。

記憶力のおとろえということもあるが、こう数がふえてはね。

平凡なようだが、このアイデアは発想の転換を含んでいる。悪夢こそいい夢で、楽しい夢は、さめてからがっかりなのだ。

自殺したがっている人に、強烈な悪夢を見させたらいいのではなかろうか。生きていることのありがたさがわかる。逆に、死刑囚に毎晩、楽しい夢を見させてやる。こりゃあ、たまらんだろうなあ。

夢の話はかなり書いてきたが、伏線なしで、じつは夢だったというラストの作品はないはずである。そのうち、一回やってみるか。それなりのくふうをして。

そもそも、私は夢をあまり見ないのだ。酒や睡眠薬を飲むと、見ないものらしい。

夢でアイデアを得たことなど、ぜんぜんない。

オシボリ機の発明。


成人男子の大部分は、毎朝、ひげをそっている。電気カミソリの愛用者は、このさい除外する。暑い夏とか、シャワー、朝風呂《あさぶろ》のあとなら、問題はない。

しかし、涼しい季節となると、タオルにお湯をしませ、つまり熱いオシボリを作り、顔に当てて、ひげをやわらかくする。それを二、三回やって、カミソリを使う。

タオルは熱いほうがいい。ということは、それに使うお湯もだ。しかし、そのためには手でしぼるのだ。指や手のひらへの熱さをがまんしなければならない。

必要は発明の母なら、タオルの両端をはさみ、熱がることなくしぼれる簡単な器具があっていいはずだ。これだ、これだ。特許を取れば、巨万の富が……。

それにしても、こんな簡単なことを、カミソリ発明以来の歴史のなかで、だれも考えなかったというのはおかしい。もしかしたら、私のやり方が例外的に異常なのだろうか。心配になってきた。熱いタオルは、理髪店だけが使うのかもしれない。

そういえば、国産外国産をとわず、テレビドラマでも映画でも、家庭生活で、熱いタオルを使ったあとカミソリを当てるというシーンは見たことがない。

いったい、ほかの人たちは、どうやっているのだろう。おれはここ数十年、まちがったやり方をつづけてきたのかもしれない。それとも、手のひらの熱さへの感覚が、普通以上に敏感なのだろうか。

他人にも、へたには聞けないぞ。なにをいまさらと、変な目で見られるかもしれない。からかってやれと、いいかげんな方法を教えられないとも限らない。

筒井康隆《やすたか》はまじめな人で「寝る方法」という作品を書いた。寝酒や薬の点を別にすれば、まあ、妥当なところだろう。しかし、その彼も「ひげをそる方法」というのは、書きそうにない。

ハミガキのCMでは、みがき方を示してくれる。しかし、カミソリのCMでは、その準備段階は省いてある。料理番組あれど、ひげそり番組はない。書店の棚にも、それののっていそうなのはない。これだけ雑誌があるのに、各界の人の「わたしのひげそり法」という特集は見たことがない。自明すぎることだからか。

宇宙人に「あなたがたは、どうやってひげをそっていますか」と聞かれた時、どう答えたらいいのだ。

たった数文字のメモが、私をかなり不安な心理状態におちいらせた。

自殺薬。

毒薬ではない。飲むと、一定時間後に自殺したくなる作用。


平凡の一語につきるね。テレビの映画で見たが、催眠術によって自殺させるストーリーのがあった。怪光線を受けると殺人衝動にかられるというのもあった。

メモをしたのは、それより前ではあったが、だれでも思いつくことなのだ。

こういう薬は、すでにだれかが書いているだろうし、すでに現実に存在しているのかもしれない。うつ病の薬があるのだ。その逆の薬を、常人に飲ませればいいわけである。

まだとしても、出現は時間の問題である。試験管ベビーの時、私の意見として週刊誌にのったが、科学の進歩にブレーキをかけるのは不可能なのだ。そういえば、アシモフもそんなことを書いていた。いけないと叫ぼうが、法律で禁止しようが、軍の秘密研究所でやられたら、どうしようもない。

げんに、自殺者のうちの何割かは、その実験材料にされたらしいと……。

なんてことを巧妙に流したら、ひとさわぎあるんじゃなかろうか。現代では「宇宙人が来た」なんてのより、こういうたぐいのほうが受け入れやすいようである。

似た内容のメモが、二枚あった。このさい片づけておくとしよう。

＊

人口、バイバイ・ゲーム。

弓矢の発明。火。帆。産業革命。医薬。

そのうち失敗。

「残念でした。またどうぞ。残念賞としてこれを」

火をおこす木の棒。


最近どうなっているのか知らないが、民放のラジオ、テレビの初期には、バイバイ・ゲームの番組が流行した。クイズなのである。回答者が正解するたびに、賞金は倍にふえてゆく。途中でやめれば、それがもらえるが、さらにふやそうとつづけて、まちがえると、なにもかも終りでゼロ。

世界の人口と、なにかの発明とが、そんな関係になっているのではないかとの思いつきである。火や帆の発明なんか、適当な時代に設定すればいい。また、そのころの人口なんかも、正確にはわかっていないのだ。つじつまがあわせやすい。

もっともらしく書き込めば、なにか作品になりそうである。しかし、あいにくと、こういうタイプのものは、私の苦手である。

読みなおしたら、メモにこんな文句も書き込んであった。

「では、おつぎの動物」

アリを出すか、ネズミを出すか、寓話《ぐうわ》仕立てなら、そんなラストも考えられる。火を作る昆虫なんか出てきたら、ことだろうな。

> 魔法にかけられていると称する女。美女。
> 助けてくれとたのまれた男。
> 承知し、指示どおり、さまざまなことをやる。煙が立ちのぼり、女は怪物に変身。男を食ってしまう。

アメリカのヒトコマ漫画で、魔法でカエルに変身させられた王子を助ける少女の話のパロディに、時おりお目にかかる。もとはグリムの童話にでもあるのだろうか。

そのへんからの思いつきである。本来は怪物。魔法によって美女に変えられていたというわけ。もとがもとだけに、日本人むきかどうか迷い、そのまま今日にいたったのだ。

長編。サルの反乱の時代。ペットから。

映画「猿の惑星」シリーズの何作目かに同じのがあった。見たあとでは、こんなメモを書くわけがないから、その前だろう。へたに手をつけないでよかった。映画のような迫力は出ない。それに、日本人は猿に親近感を持っているので、中途はんぱなものになってしまう。

刑務所に入る。
入ったとたん、大歓迎。
「あなたで十万人目です。おめでとう」

またも出てきた。もう、しようがない。思いつくまま、そのシチュエーションを並べてみるか。

「あなたは、当大学の受験者のうち、十万人目の不合格者です。特別に入学を」

「ご遺族のかたにお祝いを。なくなられた病人は、当病院で一万人目」

「あなたは、わが国に侵入した、千人目のスパイ。みせしめのため銃殺」

「両国の戦死者の合計が、ちょうど五十万人になりました。このへんで、平和交渉をはじめるとしますか」

「あなたは、地獄へ来た……」

この数字は見当がつかない。私は当分、このラストの作品は書かない。しかし、あっというような前半を考え出す人は、これから出ないとも限らない。そういうのを読み「やられた。そんな手もあったか」とくやしがるのも、また楽しいものなのだ。


狂気の時代。

みな、背中に病名が書いてある。

ひとのはわかるが、自分のはわからない。


私の好きなアイデアで、何回もいじりかけたのだが、どうもうまく発展しない。鏡や写真をどう処理するかである。当人だけが自分の病名を知らないようにしたいのだ。鏡にうつらない色素を使ってでは、いくらなんでも無茶である。

しかし、例によってだが、あきらめかけると、うまい方法を思いつくのだから、いやになる。戯曲にするのである。

舞台は病院の大部屋。院長の方針で、極度の容貌《ようぼう》コンプレックス患者もいるからと、鏡は禁止。窓もすりガラス。さまざまな症状を作り出し、あやしげな病名をつければ、けっこう面白いものになるかもしれない。

一時間おきに眠り、起きるたびに記憶喪失なんてのを出したりする。なぜ、そこに気がつかなかったのだろう。戯曲という型式をとることも、くふうのひとつなのだ。すすめられるまま『にぎやかな部屋』というのを書く前のアイデア。書いたあとも、まだ気づかない。それが今回、大阪で上演された。そして、やっと、そんな手のあることを思いついた。われながら、血のめぐりがおそい。

いまからだっていいとはいうものの、かなりの長期間、断続的に検討し、あきらめかけたしろものである。おいそれとその気になれるものではない。

そのうち、大はばに変形し、小説のなかで使うとするか。

＊

あせるなとか、ゆっくりやろうとかの標語が、このところ、よく使われている。そんな文章もよく見かける。なぜだか、知っていますか。

老齢化現象が進んでいる。自分自身がそうなのだから、他人も同じだろう。としとともに、記憶力がおとろえる。つまらんことを思い出すのに、てまどるのだ。まったく、みっともない。それをごまかすには、若い連中のほうを自分たちのペースに引き込むに限る。かくして、老人支配がつづいてゆく。

と書くと、本当みたいでしょう。メモにあるのだが、読者に与える印象の実験。しかし、なんだか、真相もそうみたいだな。

人工冬眠で長い年月をすごし、目ざめた男。そこはがらんとした部屋で「おめざめになったら、ベルを押して下さい」と壁にある。

気がつくと、そばにひとりの人物がいて、首をかしげている。男は声をかける。

「あなた、なんでここに……」

「じつは、タイムマシンの製造に成功し、航行できるぎりぎりの限界の過去へとむかい、ついたのがここというわけです」

すごいご対面といえそうだ。そこで意気投合し、タイムマシンに乗せてもらって未来へ行けば、思いがけない大もうけ。どうもうかるのかわからないが、そんな感じがするのではないか。

なんとか話としてまとめたいのだが、この出だしがあまりに調子よすぎる。かえって扱いにくい。

＊

順序不同。目についたメモを、とりあげてゆく。

差し押さえられて、税務署に持ち去られた福の神。

福の神がいれば、そんなことにはならないはずだが、ちょっとした手ちがいで、税務署へと居を移してしまうのである。

もともと、金を集める神。しかも、国家権力と結びついたのだ。その取り立てぶりたるや、すごいこと……。

税金テーマというのも、やはり書きにくい分野だ。クロヨン（９６４）とかトーゴーサン（１０５３）とかいう言葉がある。給料生活者の場合、９割から10割、収入が明確に知られてしまうとの意味である。

その点では、作家も同じ。原稿料、印税の金額は出版社から税務署へつつ抜けである。だれかの代作をすれば、申告不要の金が入るのかもしれないが、これはかりはね。

このトーゴーサンという語には、他の分野からきびしく取り立てろという感情とともに、自分たちにもいくらかごまかせる余地をという思いがこもっているようだ。

ロッキード事件の時、ピーナッツと称する利権のからんだ多額の政治献金が動いたらしいが、漫画や投書では「おれたちにもピーナッツの分け前をよこせ」というのを、いくつかみかけた。まさに日本的な反応である。本音なのだ。こういうところにテーマをしぼった作品も、時たま書きたくなる。

ある金持ち。やってきた男に。

「おまえは優秀な探偵だそうだな」

「はい。自信はあります」

「秘密のうちにことを運びたいのだ。絶対に尾行されないで行動できるか」

「はい」

金持ち、その次の来客には。

「おまえは優秀な探偵か」

「そのつもりです」

「では、こいつを尾行し、どこからどこを回ったか、調べて報告してくれ」

かくしどりした、さっきの男の写真をわたす。


似たような、いじわるな話は前に書いた。ひねり方によっては、別な形に発展しそうな気もするのだが。

かつて、ある漫画家が、無謀な雪山登山をした人びとの救助に公費を使った事件を扱い、新聞と週刊誌だったか、つまり二カ所にのせた。そして、二重売りとさわがれた。とりあげ方はちがうのだが、社会現象の批判という点では共通である。

盗作ではないのだから、まもなくおさまったが、ご本人はいやな気分だったろうな。私は思ったものだ。二つや三つだから、とやかくいわれる。いっそのこと、十や二十も描いたらどうだろう。あいつはこの問題に執念を持ってたちむかっていると、かえってほめられるのではなかろうか。世の中、そういうものなのだ。

オバケのエサ。

この文字は、しょっちゅう出てくるのだ。なにかというと、頭に浮かんでくる。このへんであきらめよう。

オバケの飼育ではない。

ハトに豆をまくごとく、それをまくと、オバケが出てくるのである。ネコにマタタビといったところか。悪くないアイデアなのだが……。

ここまで書いて、はっと気づいた。なんだ、落語の「反魂香《はんごんこう》」じゃないか。ブレーキ状態の原因は、そこにあったのか。

＊

少し長いのもある。

警察へ男が連行されてくる。

「おまえは、今回の選挙で、ひとりの候補者をけなす怪文書をばらまいたな」

「まさか、つかまるとは思いませんでした。注意して、巧妙にやったのに」

「幸運が警察に味方をしたという形だな」

「そうとしか思えません」

「いったい、あの文書、どれぐらい印刷し、発送したのだ」

「五枚です」

「なんだと。正気か」

「お調べになってごらんなさい……」

印刷屋を告げられ、そこへ行ってみると、たしかに五枚しか刷っていない。妙な注文だから、おぼえているとのこと。

「まさに五枚だった。違法にはちがいないが、選挙の大勢に影響を及ぼしていない。金を捨てたようなものだ。みのがしてやる。なぜやったのかを言えば」

「わけを話せば、このまま、だまって帰してくれるのですね」

「その通りだ。こんなことで裁判にかけていたら、国費のむだづかいだ」

「たしかですね」

「くどいやつだな。警察が信用されなくなったら、市民の協力も得られない。必ず帰してやる。約束する」

「どうやら、本当のようですね。じつは、選挙違反というやつを、一回だけやってみたかったのですよ」

「だから、なぜ、そんな気になったのかだよ」

男は奇妙な笑い顔で、

「ほかの犯罪行為は、すべてひと通り体験したのです。発覚することなく……」


書きうつしているうちに、このテーマの作品をかなり前に書いていることに気がついた。このラストはなんにでも応用ができそうで、そのうちなにげなく使いかねない。

意識など

まったく、時のたつのは早いものだ。この妙な連載も、はじめてからもはや一年。最終回となった。

こういうたぐいのエッセーは、ほかに例がないのではなかろうか。そもそもは、SF的発想とはなにかが解明できればと、かなり勢いこんでとりかかったのだ。しかし、いまだに、どうやればいいアイデアが出るのか、ぜんぜんわからない。

いや、ひとつだけ判明している。

その前に少し横道に入る。これが最終回なので「あっ」というか「あれよあれよ」というか、そんな感じのものにしたいと意識した。そこがよくなかった。なにをどう書いたものか、見当がつかない。頭のなかには、荒涼たる地面がひろがっているだけ。

書く材料がないわけではない。メモはたくさん残っている。それどころか、机の上でも、枕《まくら》もとでも、ふえつづけている。それらのなかから、すごいのをえりすぐって……。

と考えたら、もういかん。どれがいいのか、迷ってしまう。メモとは、そういうものなのだ。これが最終回でなければ、気軽に調子よく書けるのだろうが。

編集部の人もよくない。

「星さん。好評ですから、もう少しつづけて下さい」

と言って書かせておいて、そのあと、

「やっぱり、終りにしましょう」

といったぐあいにやってくれればいいのだ。これだけ書きつづけてきたが、要約すれば、頭は使うべし、しかし、意識すべからずである。それがアイデア発生の条件のひとつであるのは、たしかなのだ。意識するのは、どうもよくない。

「気を楽にやってみろ」

なんて言葉は、逆効果しかもたらさない。

「だめでもともとじゃないか。ここまできたのが、もうけもの」

このほうが、まだいい。新記録も出るし、勝負には勝つし、試験には合格。世の中には自殺者が多いが、その大部分は、無神経なやつらから「気楽に」と気楽にはげまされ、気楽になれない自分を悲観し、気楽に死んでいるのである。

こんなことを書いていてはいかん。メモの紹介をつづけよう。

*

妖精《ようせい》にあずけた笛。

何回も書きとめている。あずけた相手が、夢のなかのコビトになっていたりもする。主人公は幼い男の子。幻の遊び相手に笛を貸してあげ、危険が迫ってどうしようもなくなった時に、それが手のなかに戻され、役立つ。そんなムードの話を書きたかったのだ。

しかし、笛がどう役に立つのか。水鉄砲にして、火事の早期発見にすれば、話としてまとまるが、なにか不満である。

笛を使いたいのだ。救助を求める合図という状況を作り出すか、笛に神秘的な作用を持たせるか……。

いったい、なんでこんなものにこだわるのだろう。考えてみるに、作家になりたてのころ、少年むきの注文が時たまあった。そのころに思いついたアイデアのようだ。

となると、もう二十年以上も、私の無意識のなかで動きつづけ、折にふれて首を出してきたというわけか。もともと、少年むきの短編は苦手なのに。

このあいだ〈作品から、もっと若い人かと想像していましたが、五十すぎなのですね〉という手紙が来た。なにを読んでかは知らないが、初期の短編集だったら、それを書いた時の私は、今より二十は若かったのだ。


犯罪をおかし、巨額な金を奪って逃げる犯人。いざという時の役に立てようと、人質用として、ひとりつかまえる。

しかし、それがひとりですまない。思いがけぬことから、人質がふえてゆく。二人のほうがいいかもしれないと言っているうちはまだしも、むやみとふえてゆく。

ついに、マンションを作り、人質をみな収容。犯人は管理人におさまる。家賃は安いのだが、犯行のことをよその人に話さないとの条件づきである。

犯人、いまや管理人だが、集金に訪れる。

「今月分の家賃を」

「そうでしたね。はい」

「念を押しときますが、あの、わたしのしたことは内密ですよ」

「あなた、なにかしましたっけ」


これは私の好きなアイデア。人質のふえてゆくところがみそだが、さほどむずかしいものではない。コミカルにやる。まず、若い女をつかまえる。連れて行こうとすると、

「おい、どこへ行くんだ」

と声。彼女の恋人なのだ。さわぎを大きくしたくない。そいつも連れて行くことにする。さて、その恋人たる青年は、なかなかのハンサムで、片思いをしている女性があとを追ってくる。その女性、父親が最近どうも娘のようすがおかしいと、あとをつけていて……。

といった調子で、ふえてゆくのだ。すでに四人。犯人は「人質はもうたくさん」と悲鳴をあげるが、容赦なくふえつづける。拳銃《けんじゅう》の弾丸の数など、たちまち追い抜く。いい滑り出しだ。結末もできている。作品にしなかったのは、怠惰のせいと思われかねない。

しかし、満足のゆく作品となると、そう簡単には進まぬのだ。人質をつぎつぎにふ

やすのは、なんとかなる。問題は後半のしめくくり。それぞれ、読者のなっとくのゆく形で、結婚させるものはさせ、別れる寸前の夫婦は和解させ、めでたしめでたしの状態で、マンションの各部屋に住まわせなくてはならない。そこがむずかしい。

芝居を書きなれている人なら、そういうことはうまいらしい。しかし、私の短編は、小人数の登場人物によるのが大部分である。そんなわけで、考えかけてはやめのくりかえしで、今日にいたった。

悪くないアイデアだと思うんだがなあ。どこかで声あり。それは作品にしなかったからさ。そうかもしれない。張り切って書いていたら、目もあてられない出来になっていたかもしれない。ありうることだ。

ほとんど人のいない、山奥の村。しかし、そこは、じつは超能力者の訓練所なのだ。

地上、五十センチぐらいに浮いている男。

「なんだ、毎日、なにやっているんだ。あれだけやりながら、まだそんな程度か」

と、どなられている。

こんな能力を普通人に見られたら、まともにつきあってくれない。五十センチをゼロにする、人なみに能力を落す訓練所なのだ。

何回か仕上げようとしたが、だめだった。もっとも、これはそう惜しいとは思わない。結末の意外性だけのものである。途中のいじりようがない。あまりふくらませては、ばかにされたような読後感を与えるだろう。

先日、テレビで外国のＳＦ映画をやっていた。他惑星の宇宙船が地球上に落下。その生き残りの人びとが、山奥で超能力をさとられないよう気をつけながら、生活をしているという設定だった。

原作者の名は読みそこなったが、似たようなことを考える人はあるんだなと思った。前半はよかったが、後半はどうもで、Ｂ級の出来。このアイデアそのものがＢ級なのではなかろうか。

ある美しい女。青年と結婚する。事情があって、金の必要に迫られていたのだ。

青年は高級な住宅を持ち、身なりもよく、すごい車を乗り回している。なにげなくのぞいた預金通帳には、すごい数字が。

つまり、彼女は金と結婚したのだ。

甘い声で金をねだるが、夫はうやむやの返事ばかり。なにしろ、早いところ金がいるのだ。ついに、事故にみせかけて殺してしまう。遺産として、自由に使うために。

警察にも調べられるが、すぐ帰される。

「あなたには、殺人をする動機がありませんしね」

うまいことに、容疑はかからないようだ。しかし、ほっとしたのもつかのま。殺した亭主は、詐欺《さぎ》を生きがいとしているやつだった。通帳の数字も偽造。だまされた、金をかえせと叫ぶ人たちに、追いまわされることになる。

このところ、こういう話をほとんど書いていない。これは、いささか平凡かな。うまくやったつもりが、じつはだまされていたというパターンである。推理小説にはよくある。問題は、いかにうまく組み立て、描写をするかだ。そういう作業に、私があまり気乗りしなくなってきたのか。

フランス映画の「太陽がいっぱい」は名作と称され、まあ、そうであることはたしかなんだろう。しかし、ストーリーを分析すると、単純なのだ。単純だからいいのかもしれない。

この私のメモのストーリーだって、いい俳優を使い、バックにいいメロディーを流せば、鑑賞にたえるものになるのかもしれない。映画はともかく、テレビの一時間ドラマにならる。

そういえば、テレビの犯罪ドラマには、このたぐいが多いなあ。俳優がちがえば、視聴者はべつの話と受け取るせいかな。だれか、テレビドラマのパターンの分類をやってみないものか。

私がこれを仕上げなかったのは、プラスなんとかが不足していたからである。夢のおつげとか、妙なマスコットとかが頭にくっついていれば、まだしもなのだ。しかし、あとからくっつけたのではよくない。何回も書くことだが、私はオチを先に思いつく作風ではない。

まず、夢のお告げのたぐいを考える。もちろん、なにか新しい形であることも必要だし、それにすがる必然性も……。

そのあたりをあれこれ検討し、出だしの部分が固まる。そこで、このストーリーを思いつけば、いさんで作品にしていただろう。

同じことじゃないかとお感じのかたもあろうが、私においてはちがうのだ。下書きや清書の時の、勢いというか楽しさというか、その問題である。微妙というほどのことではないが、小説を書く作業には、そういう要素も含まれている。

品物の無限に出てくる、自動販売機。

小さな家屋で、入る人と出る人の数に大きなずれがあったら、ちょっとぶきみだろう。ずいぶん前に考えつき、かなりの年月をおいて、作品にもした。しからば、数を無限といえるほど大きくし、舞台を自動販売機に移したらどうだろう……。

しかし、これはだめ。無限に出てくるからこそ、自動販売機なのだ。しょっちゅう有限性を示していたら、われわれは足でけっとばす。

デラックスな鍵《かぎ》。

私の作品で「デラックスな」という題のが、初期のもので二つある。そのころは、新鮮な響きを持っていた。

それほど古いメモではないが、無意識のうちに、単語を見るとこの形容詞をかぶせる試みをしているらしい。そして、このたわいない思いつきとなった。それにしても、しゃれたキーホールダーはいろいろ売っているが、カギそのものは依然として、あいきょうがない。

昔のカギのほうが、デザイン的にもすぐれているのでは。

ほれ薬。ネコ。いじめられる子供。

なんでこの三つが並んで書かれているのだろう。こういうメモも多いのだ。わけがわからん。浦島太郎がしたように、ネコを助けてというのだったら、いじめる子供でなくてはならない。

異質でありながら、なにか関連しそうなけはいを感じる。ある段階までいきながら、インスピレーションの作用しなかった、いい見本だ。

スズメの冬眠。秋に眠らせる。

最新の農業がどうなっているのかは知らない。古い常識からの発想である。害虫を食う、春と夏のスズメは益鳥である。しかし、稲の収穫期の秋には、害鳥あつかい。それなら、スズメをなんらかの方法によって、秋眠させれば……。

理に走りすぎて、あんまり面白くない。しかし、まてよ。スズメたちは、食物のない冬にはどうしているんだ。この科学知識のなさは、どうだ。一般のレベルも、私と大差ないのかもしれないが。あれは渡り鳥か。

スズメって鳥は、寒くなるとおたがいどうし争い、勝ったほうが負けたほうを食ってしまう。数が半分になるのである。動物超常現象研究家のメイボーン博士も警告していることだが「スズメはそれにより、闘争能力を高めつづけていて……」

といったふうにすれば、まだましかな。

これだけ身近な存在で、かくも無関心、無縁なものは、ほかにないのじゃないだろうか。都会の住人にとって。

秘密文書の処分。ヒツジに食わせる。そのヒツジから聞き出す。

これも愚にもつかない思いつきである。このメモ用紙、動物テーマのがつづいている。なぜそうなったのかは、まるで思い出せない。よくあることかもしれない。

人類とは、身勝手な生物である。
ある種の生物が、人間に戦いをいどむ。その気になるのも、もっともだという感じ。しだいに大がかりになる。
人類をやっつける快感を味わう小説。

だれかが書いているだろうか。スズメじゃないけど、人類は自分本位でいばっている。反乱側に感情移入し、読者をも引き込み、人類を徹底的にいじめ抜く。そして、完全に絶滅させ、ばんざいと叫びたくなるようなのも、あっていいのではあるまいか。長編にしてみたい気もする。ヒッチコックの映画「鳥」は、人間を襲う原因の説明がなく、鳥を支持できない。映画「猿の惑星」シリーズのなかに、猿に同情したくなる場面もあったが、あのあたりが限界か。

なまけもののアリを作り、それを送りこみ、なまけぐせをはやらせ、絶滅させる計画。

アリなんか、いてもいなくてもどうでもいいが、いつ人類にとってかわるかわからない。その対策を考えておく必要もあるのだ。

それにしても、なんでこんなアイデアが出たのだろう。そばに〈アリに充分にエサをやりつづけたら、なまけものになるか〉との書き込みがある。

こういった実験は、だれかがやっているかな。その気になれば、夏休みの宿題でやれそうだ。大きなガラスの容器のなかで、アリを飼うのである。土でなく、そのかわりに少し湿気をおびた砂糖を入れて。

アリたちは、穴を掘って巣を作るんだろうな。そして、そのなかにそとの砂糖を運び込むかな。まるで見当がつかない。なんとか想像しようとすると、頭がおかしくなってくる。アリだって、そうだろう。

イソップ以来、勤勉の象徴となっているアリだが、こんな状態でもなおかつ、働きつづけるだろうか。どう働くのだ。

ナマケアリという新種ができそうだ。それとも、みなふとるか。セックスにふけるといっても、働きアリにその能力はないのだ。

大学の研究所で、やってみてくれないものか。税金のむだとは思わない。もっとも、予想もしなかった事態に発展しないとも限らない。反乱のきっかけになるとか。

元気のいいオバケ。

なまけもののアリのように、固有のイメージを変えてみるのも、発想のひとつの方法。

笑いつづける幽霊を扱ったものは書いたが、元気はつらつというのも意外性はありそうだ。しかし、どうも書きにくい。かつてのテレビのアニメーション番組「オバケのQ太郎」になってもいけないし。

そのそばに〈オバケのエサ〉と、またも書いてあった。ずいぶん、こだわったものだ。

〈お湯をかけるとすぐにできる、インスタント幽霊〉ともある。しかし、こんな形で幽霊の権威を下げてしまうと、その時は面白くても、長期的には損である。短編集で、怪奇的な幽霊物といっしょに入れにくい。

ロボット植物。

ロボットの形は、たいてい人間。たまに、馬や犬がある。しかし、ロボットの植物ということは、なかなか思いつかないのではなかろうか。異質なものの結合である。またも、ストーリーに発展しない。植物とはそもそも、動かないものだ。なんのことはない、ホンコン・フラワーではないか。造花のことである。

ロボット的な植物というのは、どうだろう。所有者の言うことをきく植物。だめだな。植物怪談のほうが、まだしも書きやすい。

作家になりたてのころ、ハナサカジイサンをSF風にしたらと思ったことがあった。アメリカのSFにない話だろう。しかし、結局、そのまま。

灰をまくと桜の花が咲く。そのシーンは知っているが、どんな話なのか。いざとなると、まるで思い出せない。百科事典でひいて、はじめてわかった。ちょっとした植物怪談である。知られざる有名人ってとこか。

接《つ》ぎ木。サトウカエデにリンゴ。

文字どおり、異質なものの結びつけである。甘いのができるだろうというわけ。すでに研究ずみかもしれない。ひとつの話になりそうにない。未来風景の一部分といっ

たところか。


レミング人間。

宇宙へ宇宙へと飛び出し、ぞくぞく死んでゆく。


レミング現象を読むと、人間にあてはめたくなる。しかし、あまり書かれていない。マシスンのショートショートは、まさに傑作。彼があれを書いたということは、それ以前に類似の作品がなかったからだろう。

しかし、なぜ海をめざすのかだ。下等動物のレミングなら海でもいいが、いやしくも人類となると、宇宙空間こそふさわしい。なだれのごとく。これだと妙な形容だな。とにかく、わけもなく大挙して宇宙へ進出し、滅亡する……。

いや、すでに人間は、レミング現象を起しているのかもしれない。未来へむかって大暴走をはじめているのだ。この一年も、あっというまに過ぎてしまった。やったことといえば、この連載ぐらいのものだ。

このことに気づき、未来の先取りなどを考えなくなれば、時間の流れはもっとゆっくりしたものになるはずだ。

あまり動物を並べてもしようがない。

＊

記憶喪失の死神。
自分が死神であることに気づかぬ男。

悪くない題材だが、動き出してくれない。かつて読んだ「ヒッチコック・マガジン」に、こんな短編がのっていた。

記憶を喪失した男が、その分野の医師のところへ送られてくる。それが仕事、全力をつくして治療に当る。

そのかいあって、全快。男は使命を思い出す。すでに金を受け取った殺し屋であり、めざす相手は、その医師。依頼したのは、医師の夫人。

よくできた結末。こういうのにであうと、やられたである。そういう体験のつみ重ねが、つまり、ストーリー作りのこつなのだ。

それに似させまいとすればするほど、ますますこの死神は動かなくなる。記憶喪失の福の神にしてみるか。記憶喪失の吸血鬼。記憶喪失のロボット。ほかに、ないかな。あったぞ。記憶喪失の透明人間。これは新鮮のような気がするが、なんのために存在しているのか、わけがわからん。手当てもできない。あなたのそばにいるんだがなあ。

＊

古いメモをいじっていると、一種のなつかしさを感じる。つぎのものなど、そのひとつである。

> 宇宙人が来襲してくる。応戦。意外に簡単に撃退できる。しかし、一年ほどたつと、またも来襲。もう少し強くなっている。しかし、地球側は勝つ。その一年ののち、またも。さらに強くなっている。この調子だと……。

いまとなっては平凡かもしれないが、十年ぐらい前なら、まあまあの話だったろう。殺虫剤に対する害虫の耐性あたりから思いついたようだ。

しかし、すでにありそうな話でもある。トモさん（大伴昌司《おおともしょうじ》）に電話をし、テレビにそんな筋のがあったのかどうか聞いたことを、このメモで思い出した。

当時は怪獣ブーム。むやみやたらと新種の怪獣が作られていた。最初は弱いが、やられるたびに強くなるなんてのも、いるかもしれない。そこで、怪獣評論家のトモさんに問い合わせたというわけ。彼とはよく電話で長話しをしたものだ。

この件については、要領をえなかった。たぶん、なかっただろう。テレビむきでないし、こんなのが出現したら、地球側のスーパー・ヒーローもてあましてしまう。

そのうち気が進まなくなり、作品にするのをやめた。似たようなテーマで「あーんあーん」という短編をすでに書いているのに気づいたためか。


人間の社会は、いつもごたついている。アリにしろ、サルにしろ、いちおうの安定した秩序を持っているのに。なぜなのだ。

もしかしたら、なにかの禁断症状のためなのかもしれない。精神に作用するビタミンといったもの。

その物質の探求計画が進行……。

このへんまでは面白いが、さらに発展させるとなると、少しは薬品関係について調べなくてはならぬ。百科事典ですませてもいいのだが、大学時代に生物化学やアルカロイドを習っているので、やりにくい。同級生が読むことだってあるのだ。

人類社会のごたごたは、火の発明以後、体内で有害物質が合成され、その作用によるものだとの仮説も考えられる。禁断か、副作用かの論争をさせてもいいのだが、やっかいなことである。

また、事実そうなのかもしれないのだ。ストレスはからだによくないとされている。それはつまり、ストレスによってなんらかの物質が体内で作られ、それが正常さを妨げている。その物質はすぐに分解するが、ストレスを受けるとまた発生し……。

ますます理屈っぽくなる。

消しゴム光線。

こう書きとめたメモは、何枚もある。われながら、その多さにあきれた。月に一回は机にむかうたびに書きとめてきたような気もする。なんで、こうまでである。

その光を当てることにより、書かれ、印刷されているものが消えるのである。SF

的にみて、そうたいしたアイデアではない。

それでも、なんとか話に仕上げようとこころみてきた。

発明者が、この試作品をいい値で売ろうとする。相手はそれを受け取ったとたん、使用。契約書が白紙になり、金をもらいそこなう……。

こんなストーリーでは、どうしようもない。いじるだけ、むだなのだ。それなのに、なにかというと、これをメモしてきた。

あるいは、自分では気づかないでいるが、欠かせない執筆儀式の一部なのかもしれない。なにかいい案はないかと机にむかって考えている時、この文字を書く。すると、潤滑油のような作用をおこし、進展がみられる。

ほかのメモはいくら公表してもよかったのだが、これだけはタブー。筒井康隆《やすたか》の「熊《くま》の木節」じゃないけど、大変なことになるのかもしれない。としたら、えらいことだ。

「といったわけで、執筆不可能になりました」

と話したら、編集者、どう反応するかな。


どんなロボットでも作れる。

アシモフの三原則無視。各人、すごいロボットを持つ、戦国時代。
信頼の問題。

これも、何回もメモしている。ロボットは従順で、安全で、人間につくすべき存在だとのアシモフの規定がある。それを読んだ時、まさにそうだと感心したものだ。しかし、徐々に、どこかおかしいという気分が高まってきた。それが、何回ものメモとなったのだろう。殺し屋ロボットの出現は困るが、それを防ぐことは可能かというテーマである。

ロボット三原則は、古きよき時代のSFの象徴なのだろう。それへの疑問をとなえつづけてきたわけで、感覚の老化防止にいくらか役立っていたのだろうと思う。

なぜ、それが信頼の問題につながるのか、よく説明できない。科学の進歩と表裏をなしているということか。深く考えはじめたら、人生論にまでひろがってしまう。

＊

メモはまだまだあるのだが、きりがない。これ以上つづけたら、だらけてしまう。しめくくりになにか適当なのはないかと思っていたら、ちょうどよく出てきた。

運命の神が、さりげなく手伝ってくれてといった形で。

いつまでも、びっくりさせてくれるビックリ箱。

ビックリ箱なるものは、最初の一回は、だれでも驚く。しかし、何回あけても、そのたびに驚かされるビックリ箱。どのようなしかけにしたらいいか。

開けようとすると、電波なりガスなりを発生し、出てくるものについての記憶を一時的に奪う。これなら驚くだろう。しかし、これはフェアでない。

まともに考えたら、毎回ちがったものが出てくる以外にない。テレビの発明は、人間のそういう欲求にこたえたものかもしれない。

ＳＦ作家も、それに似たものだ。まず、はじめの部分で驚いてもらうよう努めている。いったい、驚きとはなんなのだ。研究した本は出ていないようだ。

その分析はできないものかと、この連載エッセーをはじめた。そして、ある点まではもとをたどれるが、それから奥は自分でも手がつけられないとわかった。境界線があり、そのむこうの無意識の世界において、半製品が作られ、こちら側へ送られてくるのである。

それを、まあなんとかみっともなくない形に加工し、できあがったものが作品である。少なくとも、私の場合は。たぶん、ほかの作家も似たようなものだろう。

無意識の世界は霧に包まれていて、どうなっているのか、ぜんぜんわからない。気になることだ。知る方法はないものか。

最近のメモには、そのことを書いたものが多い。私の関心の的なのだ。強力な自白剤を使うのである。他人に使ったら、人権問題になりかねない。仕方ないから、自分に注射する。

「あなたにとって、いま、いちばんいやなことはなんですか」

「過去の楽しい思い出は」

「ぜひやってみたいことは」

「なにに最も恐怖を……」

あらかじめテープにいくつか質問を吹き込んでおく。薬がさめてから、その答えの録音を聞きなおす。その答えをもとに、さらに質問を進める。場合によっては、催眠状態にして、過去へさかのぼっても質問する。

やれたら面白いなとなり、時には、やってみたい誘惑を感じる。すごいものが出てくるかもしれない。あるいは、知らぬほうがよかったという、くだらぬものと判明するかもしれない。

しかし、それをやったら、たぶん、あとはからっぽだろう。金の卵をうむガチョウの解剖みたいなものだ。

科学は休むことなく進みつづけているから、いずれはそんな装置を作り上げかねない。どうなるか。そういうＳＦを書いてみたいのだ。

こんな気分も、無意識の世界からわいてきたものらしい。どうなっているのだろう。

解　説

澤本嘉光

僕が星新一さんの文庫本にこんな文を寄せているなんて事は、子供の頃の僕に是非自慢してやりたいような事態なんです。時代を遡《さかのぼ》って小学生の頃の僕の前にすっくと立って「お前は将来の人生、成功するかしないかと言えば、ある意味においては成功すると言っても過言ではない。」とよくわからない予言めいたことを言ってやり、呆《ぼう》然《ぜん》とする子供の頃の僕に、この『できそこない博物館』の文庫本をピンクのふせんでもこの文章の部分に挟んでそっと渡し「これがその証拠だ！」と言い残してニタニタしながら去って行きたいくらいです。大人になっていろいろ子供の頃から考えると信じられないような事態には遭遇してきたのですが、ホント、気分的には坂本龍馬に偶然代官山で道聞かれたくらいの信じられなさで。なんと言いますか、歴史上の偉人な訳です、星さんは。なので、星さんの文章になにか僕が感想を挟むのは、織田信長に「あれ良かったよ、桶狭間《おけはざま》の急襲。いい判断だね。」みたいに偉そうに感想を言うような精神的な障壁を感じます。

ただでさえ冷静に書けるとも思わないのですが、まあ、その内容が、冷静さを保てというのが難しいような本だったわけです。これが数十年前に出された本なんだろうか、さらには、この中に記されている『アイデアメモ』が本当にそのはるか前に記されたものなのだろうか、という驚き。まるで今書かれたアイデアの素《もと》にしか見えないんです。それは、「いいアイデアは、色あせない。」、といういい感じに見えるへたくそなコピーみたいな表面的なレベルの話ではなく。むしろ、「このメモは今の時代に書いた」と言った方が自然だというような気すらします。なぜその時代にそこに存在していたのかが解らないオーパーツみたいな存在です。読まれた方はその部分にはかなり共感して頂けると信じていますが、たまに、本をあとがきや解説から読まれる方もいるので、その方にはここで先にお伝えしておきますと、ホントに驚きますよ、そのアイデアの新鮮さに。読み進めるといくつもの『創作メモ』を次々に読めるんですけれど、アイデアの素と言えるそのメモを読んでいると、その未完成に終わったアイデアメモだけで「もうこれでいいじゃないですか、読みたいですこの本、先生！」と編集者ではないですけれどお願いしたいものだらけ。さらには、なぜこのアイデアで小説を書くに至らなかったかと言う星さん自らの解説がすでに作品化していて、それ自体が一つの舞台を見ているような気分に。って、こんな文章を続けているとあとがきでも解説でもなくなってしまうので、あとがきから読み始めるへそ曲がりの人はこの先切り捨てて書くことにします。話を持ちかけといてすみません。

僕はCMを考えるという仕事をしているのですが、大きな特徴は、制約があると言う事です。秒数の制約、商品を売らないといけないという制約、テレビで流せるものにしないといけないという制約、上司がチェックする時におこらないようなものにしないといけないという制約。この制約があるからこそ、実は、なんとか頭を使ってCMを考えついているのですが、一番嫌いなのは「何やってもいいんでなんか面白いもの作ってよ」という依頼なんです。これ、判断の基準がなくなってしまうし、実は、制約ってヒントなので。その制約自体に考えるフィールドを限定してもらってその中で考える、という。でも、この本を読んでいると、星さん、制約はご自身の満足のみのようで（多少の倫理的制約があるような記述もあるのですが）、これは、ものすごくきつい作業だなあと。こんなきつい、果てしない作業のなかでご自分がご自分と戦っていらしてきた葛藤《かっとう》の戦記を、僕らはこうしていま目にすることが出来ている訳です。それもまたユーモアあふれる文章で。その姿勢に、一読して、猛烈に感動しました、と書きたいところですが、実は猛烈に反省をしました。

僕は、ここまで詰めて考えてるんだろうか？　星さんレベルの人ですら「次のアイデアはどうしようという不安」につきまとわれているというのに、最近、そう言う不安を感じる量が減ってる自分がいて、「そこを失ったら終わりだな、考える人間として」と心底反省しました。星さんの、あくまで「新しいもの」を生み出そうという意欲もすばらしく、「この道筋当たったからこれでまたやっとけば結構喜ばれるかな。外すの怖いしな」みたいな邪念は一冊の中から微塵《みじん》も感じられないんです。もちろん仕事が違うと言えばそれまでですが、拝読していて、葛藤している内容や自分がやりたいと思っていることはきっと星さんとすごく近い部分があるんじゃないのだろうか、と不遜《ふそん》ながら思うことが多く、それなのに自分はここまできちんと考えていないんじゃないか、と。いや、本当に反省しました。考えて行く過程で、ものが進化、いや、転化して別のものになって行くという話などを読むと、経験している頭の使い方は、CMの思考過程もほぼ似たようなものなんだなと。でも、詰め方が、比較にならないです。ある意味、根性です。すごい根性。スマートに見える星さんに根性という形容はイメージに似合わない気がしますが……。ですので、もし、この先、僕の作るCMが少し面白さが増したら、それはこの本の影響を多大に受けていると言う事だと言い切れます。いくつかの名言も噛《か》み締めました。「アイデアとは、異質なものを結びつることから発生する」などは、もう書いて壁に貼《は》っておきたいくらいに勇気をくれます。僕が、いま、この職業をやっているのは、読んで確信しました、子供の頃に星さんの本を読んで来ていたからです。そして、作らせて頂いているものが僕としては結構真剣に考えているのに結果としてなにかいい具合のズレが現実とおこっているのは、星さんが書かれて来た、本当は異質だし、ものすごく練り込まれて作られた世界がまるで当たり前かのように勘違いして生きているからなんだって。そう言う意味では、この『できそこない博物館』の言う「できそこない」たちは、その後にものすごく多くの星さんに影響されて活躍する「できそこなっていない」追従者を産んだ原材料なんだと思います。僕もその一人だ、と言いたいところですが、僕は自分をできそこないではないというほどできそこなった人間では幸いにしてないようです、まだ。

しかし、これが今回依頼されたあとがき的な文に適切になっているのか甚だ疑問なまま、子供の時分の自分に「登り詰めたぜ、こんな文書いちゃったぜ。」と誇りたい気持ちをもちつつ文を終えたいと思います。あ、同時に「お前の今愛読している星新一の本は、将来、絶対君の頭の働きをよくする元になるから、出来るだけ読んどいた方がいいよ」と伝えてやりますが。

アイデアというものは、本当に素晴らしいなあ。と。アイデアで、生きて行きたい、そう、久々に思い直しました。

（平成二十四年十二月、クリエーティブディレクター／ＣＭプランナー）

この作品は昭和五十四年六月徳間書店より刊行された。

星新一著
ボッコちゃん
ユニークな発想、スマートなユーモア、シャープな諷刺にあふれる小宇宙！　日本ＳＦのパイオニアの自選ショート・ショート50編。

星新一著
ようこそ地球さん
人類の未来に待ちぶせる悲喜劇を、卓抜な着想で描いたショート・ショート42編。現代メカニズムの清涼剤ともいうべき大人の寓話。

星新一著
気まぐれ指数
ビックリ箱作りのアイディアマン、黒田一郎の企てた奇想天外な完全犯罪とは？　傑出したギャグと警句をもりこんだ長編コメディー。

星新一著
ほら男爵現代の冒険
〝ほら男爵〟の異名を祖先にもつミュンヒハウゼン男爵の冒険。懐かしい童話の世界に、現代人の夢と願望を託した楽しい現代の寓話。

星新一著
ボンボンと悪夢
ふしぎな魔力をもった椅子……。平和な地球に出現した黄金色の物体……。宇宙に、未来に、現代に描かれるショート・ショート36編。

星新一著
悪魔のいる天国
ふとした気まぐれで人間を残酷な運命に突きおとす〝悪魔〟の存在を、卓抜なアイディアと透明な文体で描き出すショート・ショート集。

星新一著 おのぞみの結末

超現代にあっても、退屈な日々にあきたりず、次々と新しい冒険を求める人間……。その滑稽で愛すべき姿をスマートに描き出す11編。

星新一著 マイ国家

マイホームを"マイ国家"として独立宣言。狂気か？　犯罪か？　一見平和な現代社会にひそむ恐怖を、超現実的な視線でとらえた31編。

星新一著 妖精配給会社

ほかの星から流れ着いた〈妖精〉は従順で謙虚、ペットとしてたちまち普及した。しかし、今や……サスペンスあふれる表題作など35編。

星新一著 宇宙のあいさつ

植民地獲得に地球からやって来た宇宙船が占領した惑星は気候温暖、食糧豊富、保養地として申し分なかったが……。表題作等35編。

星新一著 午後の恐竜

現代社会に突然巨大な恐竜の群れが出現した。蜃気楼か？　集団幻覚か？　それとも立体テレビの放映か？――表題作など11編を収録。

星新一著 白い服の男

横領、強盗、殺人、こんな犯罪は一般の警察に任せておけ。わが特殊警察の任務はただ、世界の平和を守ること。しかしそのためには？

星新一著
妄想銀行

人間の妄想を取り扱うエフ博士の妄想銀行は大繁盛！ しかし博士は、彼を思う女からとった妄想を、自分の愛する女性にと……32編。

星新一著
ブランコのむこうで

ある日学校の帰り道、もうひとりのぼくに会った。鏡のむこうから出てきたようなぼくとそっくりの顔！ 少年の愉快で不思議な冒険。

星新一著
人民は弱し 官吏は強し

明治末、合理精神を学んでアメリカから帰った星一（はじめ）は製薬会社を興した――官僚組織と闘い敗れた父の姿を愛情こめて描く。

星新一著
明治・父・アメリカ

夢を抱き野心に燃えて、単身アメリカに渡り、貪欲に異国の新しい文明を吸収して星製薬を創業――父一の、若き日の記録。感動の評伝。

星新一著
おせっかいな神々

神さまはおせっかい！ 金もうけの夢を叶えてくれた〝笑い顔の神〟の正体は？ スマートなユーモアあふれるショート・ショート集。

星新一著
にぎやかな部屋

詐欺師、強盗、人間にとりついた霊魂たち――人間界と別次元が交錯する軽妙なコメディー。現代の人間の本質をあぶりだす異色作。

星新一著
盗賊会社
表題作をはじめ、斬新かつ奇抜なアイデアで現代管理社会を鋭く、しかもユーモラスに風刺する36編のショートショートを収録する。

星新一著
ノックの音が
サスペンスからコメディーまで、「ノックの音」から始まる様々な事件。意外性あふれるアイデアで描くショートショート15編を収録。

星新一著
夜のかくれんぼ
信じられないほど、異常な事が次から次へと起こるこの世の中。ひと足さきに奇妙な体験をしてみませんか。ショートショート28編。

星新一著
おみそれ社会
二号は一見本妻風、模範警官がギャング……。ひと皮むくと、なにがでてくるかわからない複雑な現代社会を鋭く描く表題作など全11編。

星新一著
たくさんのタブー
幽霊にささやかれ自分が自分でなくなってあの世とこの世がつながった。日常生活の背後にひそむ異次元に誘うショートショート20編。

星新一著
なりそこない王子
おとぎ話の主人公総出演の表題作をはじめ、現実と非現実のはざまの世界でくりひろげられる不思議なショートショート12編を収録。

星新一著
どこかの事件

他人に信じてもらえない不思議な事件はいつもどこかで起きている——日常を超えた非現実的現実世界を描いたショートショート21編。

星新一著
安全のカード

青年が買ったのは、なんと絶対的な安全を保障するという不思議なカードだった……。悪夢とロマンの交錯する16のショートショート。

星新一著
ご依頼の件

だれか殺したい人はいませんか？　ご依頼はこの本が引き受けます。心にひそむ願望をユーモアと諷刺で描くショートショート40編。

星新一著
ありふれた手法

かくされた能力を引き出すための計画。それはよくある、ありふれたものだったが……。ユニークな発想が縦横無尽にかけめぐる30編。

星新一著
凶夢など30

昼間出会った新婚夫婦が殺しあう夢を見た老人。そして一年後、老人はまた同じ夢を……。夢想と幻想の交錯する、夢のプリズム30編。

星新一著
どんぐり民話館

民話、神話、SF、ミステリー等の語り口で、さまざまな人生の喜怒哀楽をみせてくれる31編。ショートショート一〇〇一編記念の作品集。

星新一著

これからの出来事

想像のなかでしかスリルを味わえない絶対に安全な生活はいかがですか？　痛烈な風刺で未来社会を描いたショートショート21編。

星新一著

つねならぬ話

天地の創造、人類の創世など語りつがれてきた物語が奇抜な着想で生まれ変わる！　幻想的で奇妙な味わいの52編のワンダーランド。

星新一著

明治の人物誌

野口英世、伊藤博文、エジソン、後藤新平等、父・星一と親交のあった明治の人物たちの航跡を辿り、父の生涯を描きだす異色の伝記。

星新一著

天国からの道

単行本未収録作品を集めた没後の作品集を再編集。デビュー前の処女作「狐のためいき」、1001編到達後の「担当員」など21編を収録。

星新一著

ふしぎな夢

『ブランコのむこうで』の次にはこれを読みましょう！　同じような味わいのショートショート「ふしぎな夢」など初期の11編を収録。

最相葉月著

星新一（上・下）
―一〇〇一話をつくった人―
大佛次郎賞・講談社ノンフィクション賞受賞

大企業の御曹司として生まれた少年は、いかにして今なお愛される作家となったのか。知られざる実像を浮かび上がらせる評伝。

北杜夫著

夜と霧の隅で

芥川賞受賞

ナチスの指令に抵抗して、患者を救うために苦悩する精神科医たちを描き、極限状況下の人間の不安を捉えた表題作など初期作品5編。

北杜夫著

幽霊

―或る幼年と青春の物語―

大自然との交感の中に、激しくよみがえる幼時の記憶、母への慕情、少女への思慕――青年期のみずみずしい心情を綴った処女長編。

北杜夫著

どくとるマンボウ航海記

のどかな笑いをふりまきながら、青い空の下を小さな船に乗って海外旅行に出かけたどくとるマンボウ。独自の観察眼でつづる旅行記。

北杜夫著

どくとるマンボウ昆虫記

虫に関する思い出や伝説や空想を自然の観察を織りまぜて語り、美醜さまざまの虫と人間が同居する地球の豊かさを味わえるエッセイ。

北杜夫著

どくとるマンボウ青春記

爆笑を呼ぶユーモア、心にしみる抒情。マンボウ氏のバンカラとカンゲキの旧制高校生活が甦る、永遠の輝きを放つ若き日の記録。

北杜夫著

楡家の人びと

(第一部〜第三部)

毎日出版文化賞受賞

楡脳病院の七つの塔の下に群がる三代の大家族と、彼らを取り巻く近代日本五十年の歴史の流れ……日本人の夢と郷愁を刻んだ大作。

大江健三郎著

死者の奢り・飼育

芥川賞受賞

黒人兵と寒村の子供たちとの惨劇を描く「飼育」等6編。豊饒なイメージを駆使して、閉ざされた状況下の生を追究した初期作品集。

大江健三郎著

われらの時代

遍在する自殺の機会に見張られながら生きてゆかざるをえない〝われらの時代〟。若者の性を通して閉塞状況の打破を模索した野心作。

大江健三郎著

芽むしり仔撃ち

疫病の流行する山村に閉じこめられた非行少年たちの愛と友情にみちた共生感とその挫折。綿密な設定と新鮮なイメージで描かれた傑作。

大江健三郎著

性的人間

青年の性の渇望と行動を大胆に描いて波紋を投じた「性的人間」、政治少年の行動と心理を描いた「セヴンティーン」など問題作3編。

大江健三郎著

空の怪物アグイー

六〇年安保以後の不安な状況を背景に〝現代の恐怖と狂気〟を描く表題作ほか「不満足」「スパルタ教育」「敬老週間」「犬の世界」など。

大江健三郎著

見るまえに跳べ

処女作「奇妙な仕事」から3年後の「下降生活者」まで、時代の旗手としての名声と悪評の中で、充実した歩みを始めた時期の秀作10編。

新潮文庫最新刊

木内　昇著

占《うら》

いつの世も尽きぬ恋愛、家庭、仕事の悩み。〝占い〟に照らされた己の可能性を信じ、逞しく生きる女性たちの人生を描く七つの短編。

武田綾乃著

君と漕ぐ5
―ながとろ高校カヌー部の未来―

進路に悩む希衣、挫折を知る恵梨香。そして迎えたインターハイ、カヌー部みんなの夢は叶うのか――。結末に号泣必至の完結編。

中野京子著

画家とモデル
―宿命の出会い―

画家の前に立った素朴な人妻は変貌を遂げ、青年のヌードは封印された――。画布に刻まれた濃密にして深遠な関係を読み解く論集。

D・ヒッチェンズ
矢口　誠訳

はなればなれに

前科者の青年二人が孤独な少女と出会ったとき、底なしの闇が彼らを待ち受けていた――。ゴダール映画原作となった傑作青春犯罪小説。

北村　薫著

雪　月　花
―謎解き私小説―

ワトソンのミドルネームや〝覆面作家〟のペンネームの秘密など、本にまつわる数々の謎。手がかりを求め、本から本への旅は続く！

梨木香歩著

村田エフェンディ滞土録

19世紀末のトルコ。留学生・村田が異国の友人らと過ごしたかけがえのない日々。やがて彼らを待つ運命は。胸を打つ青春メモワール。

新潮文庫最新刊

D・ベントレー
村上和久訳
奪還のベイルート（上・下）
拉致された物理学者の母と息子を救え！　大統領子息ジャック・ライアン・ジュニアの孤高の死闘を描く軍事謀略サスペンスの白眉。

紺野天龍著
幽世《かくりよ》の薬剤師3
悪魔祓い。錬金術師。異界に迷い込んだ薬師・空洞淵は様々な異能と出会う……。現役薬剤師が描く異世界×医療ミステリー第3弾。

萩原麻里著
人形島の殺人
―呪殺島秘録―
古陶里は、人形を介して呪詛を行う呪術師の末裔。一族の忌み子として扱われ、殺人事件の容疑が彼女に――真実は「僕」が暴きだす！

筒井康隆著
モナドの領域
毎日芸術賞受賞
河川敷で発見された片腕、不穏なベーカリー、全知全能の創造主を自称する老教授。著者がその叡智のかぎりを注ぎ込んだ歴史的傑作。

池波正太郎著
まぼろしの城
上野《こうずけ》の国の城主、沼田万鬼斎の一族と、戦乱の世に翻弄された城の苛烈な運命。『真田太平記』の前日譚でもある、波乱の戦国絵巻。

尾崎世界観
千早茜著
犬も食わない
脱ぎっぱなしの靴下、流しに放置された食器、風邪の日のお節介。喧嘩ばかりの同棲中男女それぞれの視点で恋愛の本音を描く共作小説。

できそこない博物館《はくぶつかん》

新潮文庫　ほ-4-30

昭和六十年二月二十五日　発行
平成二十五年二月二十日　十四刷改版
令和　五　年二月十五日　十七刷

著者　星《ほし》新《しん》一《いち》

発行者　佐藤隆信
発行所　株式会社新潮社
郵便番号　一六二―八七一一
東京都新宿区矢来町七一
電話　編集部(〇三)三二六六―五四四〇
読者係(〇三)三二六六―五一一一
https://www.shinchosha.co.jp

価格はカバーに表示してあります。

乱丁・落丁本は、ご面倒ですが小社読者係宛ご送付ください。送料小社負担にてお取替えいたします。

印刷・株式会社光邦　製本・株式会社大進堂

ISBN978-4-10-109830-2 C0195